翻开一部书

上下五千年

林汉达 成语 故事

隐身战国的成语

林汉达 著

王晓鹏 绘

北方联合出版传媒（集团）股份有限公司

万卷出版公司

·沈阳·

ⓒ　林汉达　王晓鹏　　2018

图书在版编目（CIP）数据

隐身战国的成语 / 林汉达著；王晓鹏绘.— 沈阳：万卷出版公司,2018.8
（2020.9重印）

　（林汉达成语故事）

　ISBN 978-7-5470-5009-5

　Ⅰ.①隐… Ⅱ.①林…②王… Ⅲ.①汉语－成语－
故事－儿童读物 Ⅳ.①H136.31-49

　中国版本图书馆CIP数据核字（2018）第147457号

出　品　人：王维良
出版发行：北方联合出版传媒（集团）股份有限公司
　　　　　万卷出版公司
　　　　　（地址：沈阳市和平区十一纬路25号　邮编：110003）
印　刷　者：三河市人民印务有限公司
经　销　者：全国新华书店
幅面尺寸：165mm×230mm
字　　数：130千字
印　　张：11
出版时间：2018年8月第1版
印刷时间：2020年9月第5次印刷
责任编辑：齐丽丽
责任校对：尹葆华
封面设计：范　娇
版式设计：范　娇
ISBN 978-7-5470-5009-5
定　　价：29.80元
联系电话：024-23284443
邮购热线：024-23284050
传　　真：024-23284521

怀念林汉达先生

周有光

林汉达先生（1900—1972）是我的同道、同事和难友。他是一位教育家、出版家和语文现代化的研究者。他一生做了许多工作，例如向传统教育挑战、推进扫盲工作、研究拼音文字、编写历史故事、提倡成语通俗化，等等。

1941 年，林先生出版他的教育理论代表作《向传统教育挑战》，一方面批判地引进西方的教育学说，一方面向中国的传统教育提出强烈的挑战。他认为，要振兴中国的教育，必须改革在封建社会中形成的教育成规。在教学中，"兴趣和努力"是不应当分割的，"兴趣生努力，努力生兴趣"。他在半个世纪以前发表的教育理论，好像是针对着今天的教育实际问题，仍旧值得我们学习和深思。

1942 年他出版《中国拼音文字的出路》，对拼音文字的"正词法"和其中的"同音词"问题，提出了新见解，使语文界耳目一新。他用"简体罗马字"译写出版《路得的故事》和《穷儿苦狗记》，在实践中验证理论。

1952 年，教育部成立"扫除文盲工作委员会"，林先生担任副主任。他满腔热忱、全力以赴，投身于大规模的扫盲工作。他重视师资，亲自培训扫盲教师，亲自编写教材。

林先生认为语文现代化是教育现代化的必要条件。语文现代化的首要工作是"文体口语化"。文章不但要写出来用眼睛看得懂，还要念出来用耳朵听得懂，否则不是现代的好文章。他认为历史知识是爱国教育的必要基础。20世纪50年代后期开始，他把主要精力放在编写通俗的历史故事上。这一工作，一方面传播了历史知识，一方面以身作则，提倡文章的口语化。

林先生曾对我说："我一口宁波话，按照我的宁波官话来写，是不行的。"因此，他深入北京的居民中间，学习他们的口语，写成文稿，再请北京的知识分子看了修改。一位历史学者批评说，林先生费了很大的劲儿，这对历史学有什么贡献呢？但是，这不是对历史学的贡献，这是对教育和语文的贡献。"二十四史"有几个人阅读？中国通史一类的书也不是广大群众容易看懂的。中国青年对中国历史了解越来越贫乏。历史"演义"和历史"戏剧"臆造过多。通俗易懂而又趣味盎然的历史故事书正是今天群众十分需要的珍贵读物。

他接连编写出版了《东周列国故事新编》《春秋故事》《战国故事》《春秋五霸》《西汉故事》《东汉故事》《前后汉故事新编》《三国故事新编》《上下五千年》（由曹余章同志续完，香港版改名为《龙的故事》），用力之勤，使人惊叹！这些用"规范化普通话"编写的通俗历史故事，不但青年读来容易懂，老年读来也津津有味，是理想的历史入门书。这样的书，在我们这个历史悠久的文明古国里，实在太少了。

在编写历史故事的时候，他遇到许多"文言成语"。"文言成语"大多是简洁精辟的四字结构，其中浓缩着历史典故和历史教训。有的不难了解，例如"大题小做""后来居上""画蛇添足"。可是，对一般读者来说，很多成语极难了解，因为其中的字眼生僻，读音难准，不容易知道它的来源和典故，必须一个一个都经过一番费事的解释，否则一般人是摸不着头脑的。例如"惩前毖后""杯弓蛇影""守株待兔"。文言成语的生涩难懂妨碍大众阅读和理解，是不是可以把难懂的文言成语改得通俗一点儿呢？林先生认为是可以的，而且是必须的。 他从1965 年到 1966 年，在《文字改革》杂志上连续发表《文言成语和普通话对照》，研究如何用普通话里"生动活泼、明白清楚"的说法，代替生僻难懂的文言成语。他认为，"普通话比文言好懂，表现充分，生命力强，在群众嘴里有根"。

为了语文教育大众化，他尝试翻译中学课本中的文言文为白话文。例如《文字改革》杂志 1963 年第 8 期刊登的他的译文《爱莲说》。他提倡大量翻译古代名著，这是"五四"白话文运动以来做得很不够的一个方面。把文言翻译成为白话，便于读者从白话自学文言，更深刻地了解文言，有利于使文言名著传之久远，同时也推广了口语化的白话文。

林先生说，语文大众化要"三化"：通俗化、口语化、规范化。通俗化是叫人容易看懂；口语化就是要能"上口"，朗读出来是活的语言；规范化是要合乎语法、修辞和用词习惯。

周有光，原名周耀平，中国著名语言学家，汉语拼音方案的主要制订者，并主持制订了《汉语拼音正词法基本规则》，被誉为"汉语拼音之父"。

本文节选自周有光先生 2000 年所作《怀念林汉达先生——林汉达诞辰 100 周年》。

祁奚之举

晋国的中军尉是个七十多岁的老大爷，叫祁奚（qí xī）。他看到晋国的军队强大了，自己又这么老了，就向晋悼公要求，让他告老。晋悼公同意了，可又问他："谁接替您最合适呢？"祁奚说："要依我说呀，解狐最合适。"晋悼公好像吓了一跳似的说："哦？您说他吗？听说解狐跟您有仇，您怎么反倒推荐他？"祁奚说："主公问我谁最合适，又不是问我谁是我的仇人。"晋悼公点了点头，就下了命令，召解狐上朝。

没想到解狐害着病，还没拜官就死了。晋悼公叹息了一会儿，又问祁奚："解狐以外，还有谁最合适？"祁奚说："除了解狐，要数祁午了。"晋悼公张大了嘴和眼睛，挺纳闷地说："祁午不是您的儿子吗？"
祁奚说："是呀，主公问我谁最合适，又不是问我谁
是我的儿子。"晋悼公从心坎里称赞祁奚，就拜祁午
为中军尉。

春秋时期的人才选拔

春秋时期，各诸侯国人才选拔的主要制度
是"世卿世官"制。意思就是在有血缘关系的
家族里，或立过功勋的家族里通过推荐等形式
选拔人才，这些家族也就世世代代都做官了。
祁奚向晋悼公推荐人才，就属于这种制度。"人
才乡选"和"乡长举荐"是人才选拔的补充手段，
但这样选拔上来的人才主要做一些不太紧要的
小官。还有一种特殊的情况是"人才引进"，
有一些从别的国家逃来的，或者是名声很大的
"隐士""名士"，也是国君起用的目标。这
些人往往德才兼备，耿介忠直。

刚巧中军尉的副手羊舌职（羊舌，姓）死了。晋悼
公又对祁奚说："您再推荐一个副手吧。"祁奚说："羊
舌大夫的儿子就很不错。"晋悼公就叫羊舌赤做祁午的
副手。

　　大臣们全都很钦佩祁老先生，说他推荐仇人不是为了奉承，推荐自己的儿子不是因为自私，推荐自己手下的人不是为了拉拢私人，像他这样的大臣真可称为大公无私了。

祁奚之举

　　这个故事在《左传·襄公三年》《国语·晋语七》《史记·晋世家》中都有记载。

　　举，是举荐的意思。晋国中军的营长祁奚要退休了，为晋悼公举荐新的人才。他先后举荐了和自己有私人恩怨的解狐和自己的儿子祁午。这说明他为国家举荐人才的标准是德行和才干，而不是个人情感，十分大公无私。

　　后来，当看到有人推荐有才干的人不避亲仇、不计较个人得失时，大家就会用"祁奚之举"这个成语来形容他的行为。

huà yǐng tú xíng

画影图形

楚平王一见本国的人安居乐业，属国的诸侯都服他，就荒唐起来了。楚平王的朝廷里有个顶会拍马屁的人叫费无极，他把楚平王哄得特别高兴，可是太子建不喜欢这种人，常常在他父亲跟前数落费无极。费无极呢，当然也在楚平王跟前给太子建使坏。两个人就这么成了冤家对头。

有一天，楚平王打发费无极上秦国去给太子建迎接新娘子孟嬴。孟嬴长得十分好看，楚平王就想把她弄到自己宫里，费无极就有了一个坏主意："新娘子的丫头里有一个长得还不错，我已经跟她商量好，叫她冒充孟嬴，嫁给太子，把真的孟嬴留给大王，您瞧好不好？"楚平王一听，眉开眼笑地对费无极说："真有你的！好好去办吧。"

楚平王偷偷地娶了太子建的媳妇儿，费无极怕被太子建发觉，对他不利，就请楚平王派太子建上城父去把守边疆，又叫伍奢和奋扬去帮助他，对他们说："好好伺候太子。"他们去了之后，楚平王就把孟嬴立为夫人，把原来的夫人，就是太子建的母亲蔡姬送回蔡国去了。

转过年来，孟嬴养了个儿子，就是公子珍。楚平王觉得自己上了岁数，加上孟嬴天天皱着眉头，他就想讨她的喜欢，答应她立公子珍为太子。费无极是楚平王肚子里的蛔虫，楚平王的心思他哪儿有不知道的道理。他对楚平王说："听说太子跟伍奢在城父操练兵马，暗中结交齐国跟晋国。他们这么下去，不光对公子珍不利，怕是连大王也会有麻烦呢！"楚平王说："我先把太子废了，好不好？"费无极说："太子有的是兵马，还有他师傅伍奢帮着他。大王要是把他废了，他准得发兵打来。我想不如先把伍奢叫来，再打发人去弄死太子，这是顶省事的了。"楚平王依了费无极的话，叫伍奢回来。

伍奢见了楚平王还没开口，楚平王就问他："太子建打算造反，你知道吗？"伍奢一听这话，先生了气。他说："大王夺了他的媳妇儿，已经不对了。怎么又听了小人的坏话，胡猜疑起来了呢？"费无极撅起了尖下巴，插嘴说："伍奢骂大王娶了儿媳妇，这不明摆着跟太子一条藤吗？要是大王不把他杀了，他们准得来谋害大王。"伍奢正想开口骂费无极，早就给武士们推到监狱里去了。

楚平王说："叫谁去处治太子呢？"费无极说："奋扬还在城父，这件事就交给他办吧。"楚平王打发人去嘱咐奋扬，说："你杀了太子就有重赏。要是你走漏消息，把他放了，就有死罪！"接着又叫押在监里的伍奢亲笔写信给他俩儿子伍尚和伍员。伍奢没法，只好照着费无极的意思写道："我得罪了大王，被押在监里。现在大王看在咱们上辈祖宗的功劳上，准备免我一死。你们弟兄俩见了这封信，赶紧回来给大王谢恩。要不然，大王也许又要治我的罪。"

楚平王办了这两件事，天天等着消息。待了几天，只见奋扬坐着囚车来见楚平王，对他说："太子建和公子胜（太子建的儿子）已经跑到别的国去了。"楚平王一听，当时就火儿了。他说："我挺严密地叫你去杀他，谁把他们放了？"奋扬说："当然是我喽！"楚平王火儿更大了，说："你知道不知道放走他就是死罪？"奋扬说："要不，我也不坐囚车回来了。当初大王嘱咐我好好伺候太子，我为了要好好伺候太子，才把他放了！再说，太子并没有造反的行为，连造反的意思都没有。大王哪儿能把他杀了呢？现在我救了大王的儿子，又救了大王的孙子，我就是死了，也甘心。"楚平王听了这话，就说："算了吧！难为你这一份儿忠心，回去好好把守城父去吧！"

那个替伍奢送信的人带着伍尚回来了，费无极把伍尚和伍奢关在一起。伍奢瞧见伍尚一个人回来，心里头又是高兴又是难受。他说："我知道员儿是不会回来的。可是打这儿楚国就不能有太平的日子了。"伍尚说："我们早就料到那封信是大王逼着父亲写的，可是我情愿跟着父亲一块儿死。兄弟说，他要留着这条命给咱们报仇，他已经跑了。"

楚平王叫费无极押着伍奢和伍尚上了法场。伍尚骂费无极，说："你这个诱惑君王、杀害忠良、祸国殃民的奸贼，看你作威作福，能够享受几天富贵！"伍奢拦住他，说："别这么骂人。忠臣奸臣自有公论，咱们何

必计较呢。我只担心员儿。要是他回来报仇，不是要连累楚国的老百姓吗？"说着就抻着脖子，不再开口了。费无极把他们爷儿俩杀了，场外的老百姓都暗暗地流泪。

费无极对楚平王说："伍员这小子虽然跑了，但一时跑不了多远。咱们应当赶紧派人追去。伍奢临死的时候不是说怕他回来报仇吗？这小子准得回来报仇，咱们非把他拿住不可。"楚平王一面打发人去追伍员，一面又出了一道命令，说："有人拿住伍员的，赏粮食五万石（dàn），封他为大夫。要是收留他的，全家都有死罪。"楚平王叫画像的人画了伍子胥（胥 xū，就是伍员）的像，挂在各关口，嘱咐各地方的官员仔细盘问来往行人。这么画影图形捉拿逃犯，伍子胥就是长了翅膀，也飞不了啦。

石

读作 dàn，是古代的容量单位，主要用来计量粮食、稻谷、粟等。在古代，1 石等于 10 斗，1 斗等于 10 升。这里的斗和升指的都是古代的计量单位。春秋时期各个国家的计量标准是不一样的，秦汉时期的 1 石粮食大概有 27 斤左右。

画影图形

这个成语在元代施惠的《幽阁记》里出现过，明代的《东周列国志》里，讲到伍子胥逃跑这一段时，也用到了这个成语，"平王悉从其计。画影图形，访拿伍员，各关隘十分紧急"。

影，是图像的意思。形，是容貌的意思。古代还没有照相技术，通缉犯人时，就把他的样子画出来，张贴到各处来悬赏捉捕。据说，伍子胥的这张画像可以算是中国最早的通缉令呢。

现在的通缉令上用的是照片，这可比画的好辨认多了。

fēng chuī cǎo dòng
风吹草动

    伍子胥（xū）从楚国跑出来，一心想往吴国去。后来听说太子建已经逃到宋国，他就往宋国去。到了半路上，只见前头来了一队车马，吓得他连忙躲在树林子里，偷偷地瞧着。赶到一辆大车过来，细细一瞧，原来是他的好朋友申包胥。伍子胥这么躲躲闪闪地又要藏起来又不藏起来，已经给申包胥瞧见了，就问他："你怎么跑到这儿来了？"伍子胥擦着眼泪，把一家子遭难的经过哭着说了一遍。末了，他说："杀父之仇，不共戴天。我要上别国去借兵征伐楚国，活活地咬昏君的肉，剥奸臣的皮，才能够解恨！"申包胥劝他，说："君王虽然无道，毕竟是君王，你们一家子辈辈忠良，何必跟他结仇呢？我劝你还是忍着点儿吧。"伍子胥说："君王无道，谁都可以杀他。再说我还有父兄的大仇呢！要是我不能把楚国灭了，我情愿不再做人！"申包胥反对说："汤武起义，杀了桀纣（jié zhòu），是为了众人除害，并非为了私仇！这点，你得分清楚。再说，你的仇人只是楚王和费无极，楚国人可并没得罪你！你怎么要灭父母之邦呢？"

申包胥的话说得挺有道理，可是怎么说伍子胥也听不进去，一心要替父兄报仇。他挺坚决地说："我可管不了这些个，我非把楚国灭了不可！"申包胥自以为有理地说："我要是劝你去报仇，那我就是不忠；不让你去报仇，又害得你不孝。为了保全咱们朋友的义气，我不把你的事向人泄露就是了。不过你如果真灭了楚国，我一定要尽我的力量把它恢复过来。"两个朋友就这么分手了。

伍子胥到了宋国，见着了太子建，两个人抱头大哭，各人说了各人的冤屈。这时候，可巧宋国起了内乱，伍子胥对太子建说："咱们可不能再在这儿待着了。"他们就偷偷地上了郑国。郑定公就把太子建收留下了。太子建和伍子胥每回见了郑定公，总是哭着说他们的冤屈。郑定公说："郑是个小国，虽说我同情你们，可是，心有余而力不足哇！我看你们还是跟晋侯商量商量去吧！"

太子建觉得郑伯说的倒是实话，就自己上晋国去见晋顷公。晋顷公款待太子建，叫他住在公馆里，接着召集大臣们商量办法。那天，荀寅（xún yín）出了个主意，说："郑国反复无常，咱们不如把它灭了。现在郑国收留着楚太子，郑伯准得信任他。咱们背地里跟楚太子约好，叫他去收买勇士，在郑国作为内应，咱们从外头打进去，就能够把郑国灭了。然后把郑国封给楚太子，再跟他一块儿去灭楚国。这是以敌攻敌的高招儿。"晋顷公和大臣们全都赞成荀寅的计策。当时就把这个意思告诉了太子建。太子建满口答应，高高兴兴地回去了。

太子建见了伍子胥，把晋国的计策说了一遍。伍子胥反对说："这哪儿成啊！人家好心好意地收留咱们，咱们怎么能忘恩负义地去害人家？再说，这种行动一点儿把握没有。请别胡思乱想了。"太子建急着想要得到君位，哪儿肯听伍子胥的话。当时就糊里糊涂地敷衍（fū yǎn）了几句。背地里收买勇士，勾结郑伯左右的人，又叫他们再去勾结别人。

有一天，郑定公请太子建上后花园去喝酒。太子建到了那边，就见那些受过他好处的人，有二十来个都绑在那儿。太子建一见不对头，刚想要跑，早给武士们拿住了。郑定公骂着他，说："我好心好意地收留了你，你怎么倒跟晋国勾结起来要谋害我？"太子建还想抵赖，可是绑在那儿的二十来人早已招认了。他只得低下头，自认倒霉。郑定公把他连那二十来个人都杀了。

伍子胥在公馆里老是不放心太子的行动，天天打发人暗中跟着他。这天，他得到太子被杀的消息，立刻就带着太子建的儿子公子胜逃出郑国。

伍子胥带着公子胜，白天躲起来，夜里逃跑，慌慌张张地到了陈国。陈是楚国的属国，他们当然不好露面，只好藏藏躲躲，又往东跑。只要能够偷过了昭关，就能够照直上吴国去了。那昭关是两座山当中的一个关口，平常也有官兵守着。楚平王和费无极料着伍子胥准上吴国去，特地派了大将薳越（薳 wěi）带着军队等在那儿，关口上挂着伍子胥的画像。伍子胥不知道，他想带着小孩子公子胜偷出关口。

他们到了历阳山，离昭关不太远了，伍子胥正想歇会儿喘喘气，忽然出来了一个老头儿，张嘴就说："伍将军上哪儿去？"吓得伍子胥差点儿蹦起来，连忙回答说："老先生别认错了人，我不姓伍！"那个老头儿笑嘻嘻地说："真人面前别说假话啦！我是东皋（gāo）公，一辈子给人治病，在这儿多少也有点儿小名望。人家得

了病，眼瞧着快要死了，我还想尽方法去救他。你又没有病，好好的一个男子汉，我哪儿能害死你呢？"伍子胥说："老先生有什么指教？您的话我可不大明白。"东皋公说："还是大前天呢，昭关上的薳将军有点儿不舒服，叫我去看病，我在关口上瞧见您的画像。今天一见你，就认出来了。你这么跑过去，不是自投罗网吗？我就住在这山背后，你还是跟我来吧！"伍子胥瞧那位老先生挺厚道，只好跟着他走了。

东皋公领着他们进了一个竹园子，他请伍子胥坐在上手里，伍子胥指着公子胜，说："这位是我的小主人，楚王的孙子。我哪儿敢坐上位？"东皋公就请公子胜坐在上手里，自己和伍子胥坐在下手里。伍子胥把楚平王调换儿媳妇，杀害伍奢、伍尚，轰走太子建，太子建死在郑国，这些经过都说了一遍。东皋公叹息了一会儿，劝解他，说："这儿没有人来往，将军可以放心住下，等到我有了办法，再送你们君臣过关。"伍子胥千恩万谢地直给他磕头。

东皋公天天款待着伍子胥，一连过了七八天，可没提起过关的事。伍子胥哀求着说："我有大仇在身，天天像滚油煎似的难受，待了一个时辰就像过了一年。万望老先生可怜可怜我！"东皋公说："我正在找帮手呢！

古代座次安排

古代的宅院一般前面是堂，后面是屋。在堂中，坐北朝南是上座，坐南朝北为下座。在屋中，一般坐北朝南的是上房，东西是厢房。上房东西宽而南北窄。因此坐西朝东为上手，坐北朝南次之，坐南朝北再次之，坐东朝西为最末。一般来说，客人都坐在西边上手的位置，所以有"西宾"的说法；主人都坐在东面下手的位置，所以叫"东家"。而在餐桌上，一般坐北朝南的位置是留给地位最高或辈分最长的人坐的。

等我找着了帮手，就送你们过关。"伍子胥只得再住下去。他又怕日子一多，也许会走漏消息。要闯出去，又怕给蒍越拿住。真是进退两难，愁得他一连几夜睡不着觉。

过了几天，东皋公带着一个朋友，叫皇甫讷（nè）的，回来了。他一见伍子胥就吓了一跳，说："你变了样儿了，病了吗？脸庞清瘦多了。哎呀，头发、胡子也白了！"伍子胥向他要了一块镜子，拿过来一照，就大哭起来，说："天哪！我的大仇还没报，怎么已经老了！"

东皋公一边叫他安静点，一边把皇甫讷介绍给他，又对他说："头发、胡子是你愁白的！这倒好，人家不容易认出你来。"接着他们就商量过关的法子。第二天，天还没亮，他们就准备动身。

把守昭关的蓝越吩咐士兵们细细盘问过关的人，还要把他们照着画像一个个地对照，才放他们过去。那一天，士兵们瞧见有人慌里慌张地过来，已经疑惑他是个逃犯了。细这么一瞧，果然是伍子胥。他们就把他逮住，拉到蓝越跟前。蓝越一见，就说："伍子胥，你想瞒得过我吗？"就把伍子胥绑了起来，准备押到郢都（郢yǐng）去。士兵们因为拿住了伍子胥，立了大功，乱哄哄地非常高兴。这时候过关的人也多了。老百姓也都要瞧一瞧那个久闻大名的逃犯。

待了一会儿，东皋公来见蓝越，说："听说将军把伍子胥逮住了，我老头子特地来道喜。"蓝越说："士兵们拿住一个人，脸庞倒是真像，可是口音不对。"东皋公说："让我对对画像，就看出来了。"蓝越叫士兵把他拉出来。那个伍子胥一见东皋公就嚷起来，说："你怎么到这时候才来？害得我莫名其妙地受着欺负！"东皋公笑着对蓝越说："将军拿错了人啦。他是我的朋友皇甫讷，跟我约好在关前见面，一块儿出去玩儿。怎么把他逮了来呢？”蘧越连忙赔不是，说："士兵们认错了，请别见怪！"东皋公说："将军为朝廷捉拿逃犯，我怎么敢怪您呢？"蘧越放了皇甫讷，又叫士兵们重新留神查问过关的人。士兵们那一团高兴变成了一场空，嘟嘟囔囔地说："早就有好些人出关了。也许真的伍子胥混在里头呢。"蘧越一听，着起急来，立刻打发一队兵马追下去。

士兵们的话倒真说着了。伍子胥趁着他们拿住皇甫讷正在乱哄哄的当儿，混出了昭关，急忙地跑下去。走了几个时辰，一瞧前头有一条大江，拦住去路。正在无法可想的时候，后头飞起一片尘土，好像千军万马追了上来的样子。他抱起公子胜慌忙顺着江边跑下去，找到有苇子的地方藏起来。四面一瞧，瞧见一个打鱼的老头儿，划着一只小船过来。伍子胥急忙嚷着说："老大爷，请把我们渡过江去！"那个老头儿就把小船划过来。伍子胥跟公子胜上了小船。不到半个时辰船到了对岸，他们这才放了心。

到了这时候，那个打鱼的老头儿才开口说："将军想必就是伍子胥了？您的画像挂在关口，我也见过几回。听说楚王把您父兄杀了，这儿的人都替您担心。今儿个我把您渡过来，我也放心了。"伍子胥感激万分，就说："难得老大爷一片好心，救了我这受难的人。将来我伍子胥要是有点儿出息，都是您老人家的恩典。"说着他就摘下身边的宝剑，交给他，说："这把宝剑是先王赐给我祖父的。我只有这么点儿礼物送给您，好歹表一表我的心意。"那个老头儿笑着说："楚王画影图形，下了重赏要逮您。我不要五万石的赏，也不要大夫的爵位，怎么倒贪图您这宝剑哪！再说，这把宝剑对我没有什么用处，对您可是少不了的。"伍子胥大大地受了感动，问他，说："请问老大爷尊姓大名？叫我以后也好报恩。"没想到这句话反倒叫老头儿不高兴了。他指着伍子胥，说："我为了体贴您的一番孝心，才把您渡过来。您倒开口闭口说'将来要报恩'，真太没有大丈夫的气派了！"伍子胥连忙赔罪，说："您当然不要

酬劳，可是我怎么能忘了您呢？您把姓名告诉我，也可以让我记住。"那老头儿说："我是个打鱼的，要是咱们还有相逢的机会，那时候，我叫您'芦中人'，您叫我'渔丈人'，不是一样的吗？"伍子胥只得收了宝剑，拜谢了一番，走了。

后来，伍子胥灭掉了楚国，却打听不着当时的楚王的下落，很不痛快。他听说楚国的相国囊瓦（囊náng）跑到郑国去，一想，楚王也许跟囊瓦在一块儿。再说，郑国杀了太子建，这个仇也得报。这么着，他带领着兵马一直向郑国进攻。郑国得着这个消息，可就慌了神了。全国上下没有不埋怨囊瓦的，逼得囊瓦走投无路，只好自杀。郑定公把囊瓦的尸首献给伍子胥，还说楚王确实没上郑国来过。伍子胥还是不依不饶，非要把郑国灭了不可。郑国的大臣们都主张发动全国的人跟吴军拼个你死我活。郑定公说："拿郑国的兵力来说，哪儿能跟楚国比呢？楚国都给他打败了，别说咱们这个小国了。"郑定公下了一道命令，说："谁能够叫伍子胥退兵，就有重赏。"可是谁有这样的本事呢？命令出了三天，看命令的人倒不少，就是没有一个应征的。

到了第四天头上，有个打鱼的小伙子来见郑定公。他说，他有办法叫伍子胥退兵。郑定公问他得要多少兵车。他说："不用兵车，也不用粮草，光凭这个划船的桨就能够把好几万的兵马打回去。"谁信他这个话呢？可是大伙儿没有法子，只得让他去试试看。那个打鱼的胳肢窝里夹着一根桨，上吴国兵营里去见伍子胥，一边唱着歌，一边敲着那根桨打着拍子。他唱着：

芦中人，芦中人，

渡过江，谁的恩？

宝剑上，七星文；

还给你，带在身。

你今天，得意了，

可记得，渔丈人？

伍子胥一听，吓了一跳，连忙跑下来，问他："你是谁呀？"他说："您没瞧见我手里拿着的玩意儿吗？我爸爸全靠这根桨过日子，当初也全靠这根桨救了您的命。"伍子胥这才想起了芦花渡口逃难的情形和那个打鱼的老大爷的恩德，不由得掉下眼泪来，就问他："你怎么会上这儿来呢？"他说："我们打鱼的向来没有一定的地方。这回又因为打仗，才到了这儿。国君下了个命令，说，谁要能够请将军退兵，就重赏谁。不知道将军能不能看我死去的父亲的情面，饶了郑国？"伍子胥挺感激地说："我能够有这么一天，全都是你父亲的恩德。我哪儿能把他忘了呢？"当时他就下令退兵。那个打鱼的欢天喜地地去报告郑定公。这一下子，全郑国的人都把他当作大救星。郑定公封给他不少土地。郑国人差不多全叫他"渔大夫"。

风吹草动

这个成语出现在《敦煌变文集·伍子胥变文》里，"偷踪窃道，饮气吞声，风吹草动，即便藏形"。

微风轻轻一吹，草就晃动。伍子胥被画影图形地追捕，在带着公子胜逃难的过程中，躲躲藏藏，稍有一点儿动静，就害怕得不得了。他这样担惊受怕，心里面装着满满的忧虑，竟然把头发都给愁白了。

后来，大家就用这个成语来形容细微的动静或变故。

tóng bìng xiāng lián

同病相怜

　　费无极不知道费了多少心计，好容易才得到楚平王的信任，满想着等到老令尹囊瓦（囊 náng）一死，准能够提升他当令尹。哪儿知道囊瓦还没死呢，楚平王倒死在头里了。继位的楚昭王信任伯郤宛（郤 xì）。这一来，他老瞧着伯郤宛是他的对头，总想使个花招去了他。

　　有一天，他对囊瓦说："伯郤宛想请您吃饭，托我探听探听您的意思，不知道您能不能赏脸？"囊瓦说："他请客，我怎么能不去呢？"费无极又去跟伯郤宛说："令尹跟我说，他想上您这儿来吃顿饭，不知道您请不请客？"伯郤宛说："只要令尹瞧得起我，赏脸上我家来，我哪儿能不请？明天我就请他。"费无极问他："令尹真要是上您这儿来，您送他点儿什么礼物呢？"伯郤宛倒没想到这一层，就问费无极："不知道令尹喜欢什么？"费无极说："您还不知道吗？他顶喜爱上等的盔甲和吴国的宝剑。您上回打了胜仗，大王把从吴国拿来的东西给了您好些个，这里头不是就有上等的盔甲和宝剑吗？明天吃饭的时候，您就拿出几件好的来，让令尹自个儿挑一两样喜爱的，他准得高兴。我这是为您，您可别忘了我这份好心好意！"伯郤宛千恩万谢地送了他出去。

春秋战国时期的武器

诸侯之间大大小小的摩擦与纷争，让春秋战国时期的武器铸造工艺得到发展，武器的种类有刀、剑、矛、钺、戟等16种，主要是用青铜铸造的。越国的剑和吴国的戈做得好，在各个国家之间最有名气了。那时候的人都喜欢随身佩剑，不仅可以防身，还显得很帅气，很有身份。春秋战国时期的青铜铸造工艺十分精湛，现代出土的青铜剑，历经两千多年仍然能保存完好，有的剑身上还镶嵌着宝石，雕刻着花纹。利用现代技术都不一定能铸造出这么好的剑呢。

第二天，伯郤宛预备了上等的酒席，还把楚王赏给他的东西都摆上，然后才托费无极去请囊瓦。囊瓦刚要动身，费无极赶紧拦着他，说："令尹！您就这个样儿去吗？俗话说'人心隔肚皮'，您知道他请客是好意还是歹意？我先瞧一瞧去，再来请您过去。"囊瓦只得又坐下了，叫费无极先去查看查看。待了一会儿，费无极连呼带喘地跑进来。缓了口气，才说："差一点儿害了令尹！我跑到伯郤宛家门口一瞧，里边摆着好些个盔甲和兵器。幸亏您没去，不然准上了他的当，遭了他的毒手！"囊瓦说："我跟他往日无冤，近日无仇，他干吗要害我？真叫我纳闷儿。"

费无极仰着尖下巴颏儿，说："令尹真是个好人！他近来在大王面前得了宠，有点儿自高自大，就要一步登天，想做令尹。听说他还跟吴国勾搭上了。上回咱们跟吴国打仗，不是打了胜仗了吗？正在这个时候，吴王被刺，国内大乱，将士们都想趁势打进吴国去。没想到伯郤宛说，'人家国里有丧事，不能够再打人家'。您想想！吴国还不是趁着咱们办丧事就来打咱们的吗？怪不得有人说他勾结了吴国。我虽说不敢十分相信，可是这也不能一点儿不留神。"囊瓦听了这一番话，心里也有点儿半信半疑。他就背地里打发几个心腹再去探看探看。

　　囊瓦的心腹回来报告，说："屋子里真有埋伏。犄角旮旯里都藏着穿着盔甲拿着家伙的人。"囊瓦一听，当时差点儿气炸了肺，也没顾上吃饭，立刻就去找大将鄢将师（鄢 yān），把这事一五一十地告诉了他。那个鄢将师和费无极是一个鼻孔出气的，他趁着囊瓦在气头上，来个火上浇油。囊瓦就一边去禀报楚昭王，一边打发鄢将师带着士兵先把伯郤宛的家围上。伯郤宛到了这时候，才知道上了费无极的当，有口难辩，把心一横，自杀了。

　　囊瓦还不甘心，非要把伯家灭门不可。这一下子伯郤宛一家子男男女女、老老少少全都被害了。只有伯郤宛的儿子伯嚭（pǐ）逃了。囊瓦的气还没消，又叫人放火，要把伯家的房子整个儿烧了。有好多人知道伯郤宛受了冤屈，谁也不愿意动手。

　　囊瓦更加生气了。他说："谁要不动手就是伯家的一党！"大家伙儿一看势头不对，只好烧了伯家的房子，连伯郤宛的尸首也烧在里头。楚国人差不多都替伯郤宛叫冤，可是一点儿法子也没有。

那时候，伯嚭早就逃到别的国去了。他听说伍子胥在吴国，就跑到吴国去找他。他们两个人全家都给奸臣、昏君害了，决心要报仇。同病相怜，交上了朋友。伍子胥在吴王阖闾（hé lǘ）面前引见了伯嚭，吴王阖闾叫他做了大夫，和伍子胥一同办事。

同病相怜

这个成语出现在《吴越春秋·阖闾内传》里面，"子不闻河上歌乎？同病相怜，同忧相救。"这句话是伍子胥帮助伯嚭后说的。

病，是病痛的意思，这里引申为遭遇；怜，是同情、怜悯的意思。伯嚭和伍子胥一样一家子都被楚国奸臣费无极害惨了。伯嚭一来投奔伍子胥，伍子胥就热情招待，还引荐他做了大官。有人问伍子胥为什么举荐一个并不了解的人，伍子胥说："有相同病患的人会相互怜悯，有相同忧患的人应互相救助。我们遭遇相同，我理应帮助他。"

后来，这个成语就用来形容有相似不幸遭遇的两个人，互相同情、怜悯。

sān lìng wǔ shēn
三令五申

伍子胥向吴王阖闾（hé lú）推荐孙武，伍子胥说："他是齐国人，叫孙武，是个大军事家。他研究了好些个打仗的方法，还写了十三篇兵法。要是把他请来，拜为大将，那么吴国准能变成天下无敌的强国，大王就是霸主了。要对付楚国，那简直不算一回事儿。"阖闾一听孙武是个军事家，已经有了七八分喜欢，再一听能够做霸主，更加高兴了。当时就打发伍子胥带着贵重的礼物去请孙武。

伍子胥请来了孙武，一同去见阖闾。阖闾从朝堂上跑下来迎接孙武。跟着就问他用兵的方法。孙武把他自己写的十三篇兵法递给他。阖闾叫伍子胥从头到尾大声念了一遍。阖闾不住口地称赞，他对伍子胥说："这十三篇兵法真是好极了。可有一样，吴国没有那么些个士兵，怎么办？"孙武说："有了兵法，只要大王有决心，不光男子，就是女子也行。男男女女，全都能够打仗，还愁什么人马够不够？"阖闾笑着说："女人哪儿能打仗呢，这不是笑话吗？"孙武一本正经地说："大王要是不信的话，请先拿宫女们试一试瞧瞧。我要是不能把她们训练得跟士兵们一样，我情愿认罪受罚。"阖闾派了一百五十名宫女，叫孙武去训练。孙武请阖闾挑出两个心爱的妃子当队长。阖闾也答应了。末了，孙武请求说："军队顶要紧的是纪律，虽说拿

孙　武

　　孙武是春秋时期的大军事家，被尊称为东方兵学的鼻祖。孙武呈进给吴王阖闾的这十三篇兵法，就是大名鼎鼎的《孙子兵法》的雏形。后来孙武和伍子胥成为了吴王阖闾的左膀右臂，帮助他兴兵强国。孙氏家族还出现了许多军事家，战国时期的孙膑、三国时期的孙权都是孙武的后人。

宫女们试试，也得有纪律。请大王派个执掌军法的人，再给我几个武将做助手。不知道大王答应不答应？"阖闾全都答应了。

　　一百五十个宫女都穿戴上盔甲，拿着兵器，在操场上集合。孙武先出了三道军令："第一，队伍不许混乱；第二，不许吵吵闹闹；第三，不许成心违背命令。"跟着，他就把宫女们排成了队伍，操练起来了。哪儿知道那两个妃子队长还以为她们穿上军衣，拿着长枪、短刀，是出来玩玩的，先就嘻嘻哈哈地不听使唤，别的宫女一见领队的这个样儿，大伙儿跟着都笑成一团。有的坐着，有的站着，有的学着姿势，有的还来回奔跑，乱七八糟，简直不像一回事。孙武就传令，叫她们归队立正。其中还有人说说笑笑，不听命令。孙武传了三回令，谁知道那两个妃子队长和宫女们还是嬉皮笑脸地不听话。她们都是阖闾的宠妃，孙武敢把她们怎么样？高兴了，操练着玩玩，不高兴就回后宫去，怕什么！孙武可忍不住了，大声地跟那个掌军法的人说："士兵不听命令，不服管，按照军法应当怎么处罚？"军法官赶紧跪下，说："应当砍头！"孙武就发出命令，说："先把队长正法，以儆效尤。"武士们就把两个妃子绑上。这一下吓得宫女们全都变了颜色。

阖闾在高台上远远瞧着她们操练，忽然瞧见两个妃子被给武士绑上了，立刻打发伯嚭（pǐ）拿着"节杖"去救，叫他传令，说："我已经知道将军用兵的才能了，这两个是我心爱的妃子，请饶了她们吧！"

伯嚭急急忙忙地见了孙武，传出阖闾的命令。孙武对他说："操练军队不是小孩子闹着玩的。我已经受了大王的命令做了将军，就得由我管理军队。要是不把犯法的人办罪，以后我还能够指挥军队吗？"他终于把这两个妃子办了罪，又挑了两个宫女当队长，重新操练起来。这批宫女经过孙武那么严厉的训练，居然操练得挺像个样儿。

阖闾虽说挺佩服孙武的兵法和纪律，可是还不大

愿意重用他。伍子胥对阖闾说："大王打算征伐楚国，领导各国诸侯，做一番惊天动地的大事业，就非得有个像孙武那样的大将不可。"阖闾经他这么一说，才拜孙武为大将，又称呼他为军师，叫他准备征伐楚国的事情。

三令五申

这个成语出现在《史记·孙子吴起列传》里面，"约束既布，乃设铁钺，即三令五申之"。

令，是命令的意思。申，是表达的意思。孙武训练女兵，发布了训练时必须遵从的纪律，还搬出了铁钺（古代杀人的刑具）作为警示，把命令强调了好多次。孙武这么做，是在强调军队中纪律的重要性，不管男女，有什么身份地位，一旦成了一名士兵，就必须服从命令。只有纪律严明，才能训练出强大的军队。

后来，这个成语就用来形容再三地申明、命令、告诫，从而避免人们违反命令或纪律。

dào xíng nì shī

倒行逆施

公元前 506 年，阖闾（hé lú）嘱咐被离和专毅辅助太子波守卫本国，拜孙武为大将，伍子胥和伯嚭（pǐ）为副将，派自己的亲兄弟公子夫概为先锋，发出六万大兵，由水路去救被楚国大将囊瓦（囊 náng）攻打的蔡国。囊瓦打了败仗，一见吴国兵马这么强大，赶紧扔了蔡国，跑回去了。

蔡昭侯和唐成公都来迎接吴王阖闾。他们自动地率领着本国的兵马跟着吴国的大军去打郢都（郢 yǐng）。囊瓦早已失了人心，他又不信任别人，内部先就起了乱子，发号令也不管事了。他一连气打了几场败仗，死伤了不少将士，急得他偷偷地一个人跑到郑国躲着去了。

柏举之战

　　吴楚之间的柏举之战是春秋末期规模和影响都很大的一场战役。原本蔡国和唐国都是楚国的附属国，但是楚国的囊瓦因为一点儿小事就把两国的国君给扣押了三年。蔡国和唐国就叛变了。公元前506年，楚国攻打蔡国，吴国借着救蔡国之机发兵攻打楚国，柏举之战就开始了。孙武作为吴国的大将指挥吴军，十一天之内行军七百里，连打了五次胜仗，把楚王给逼出了国都。这一次胜利是以区区三万兵力，攻打二十万大军，成了历史上罕见的以少胜多的军事案例。以此次战役为转折点，吴国走上了强国之路。

　　楚昭王眼瞧着郢都难保，匆匆忙忙地带着一部分亲信的大臣和将士逃到随国。吴国的大军连着打了五场胜仗，这是东周时期一个大战争。楚国从来没败得这么惨，连两百来年的都城郢城也丢了。孙武、伍子胥、伯嚭、蔡昭侯、唐成公护卫着吴王阖闾进了郢都。吴国的君臣和将士就在楚国的朝堂上开了个庆功大会。

　　第二天，伍子胥劝吴王阖闾把楚国的宗庙拆了。孙武不赞成这个主张。他劝阖闾废去楚昭王，立太子建的儿子公子胜为楚王。他说："楚国人一大半都替太子建抱不平，要是大王能够把公子胜立为楚王，楚国人准会感激大王，列国诸侯也必定佩服大王，公子胜更忘不了大王。这么一来，楚国不就永远是吴国的属国了吗？这是个名利双收的办法，请大王细细想一想吧。"阖闾贪图楚国的地盘，听了伍子胥的话，把楚国的宗庙拆了。伍子胥还不满足，他一定要亲手把楚平王杀了，才能解他心头的仇恨。可是楚平王已经死了，怎么办呢？他就请求阖闾让他去刨楚平王的大坟，阖闾说："你帮了我不少的忙，这点儿小事，你自己瞧着办吧。"

伍子胥打听出楚平王的坟是在东门外的寥台湖（寥 liáo）。他就带着士兵上湖边去找。谁也不知道楚平王的大坟在哪儿。伍子胥捶着胸脯，叹着气，说："天哪，天哪！我父兄的大仇为什么报不了呢？"在这个时候，来了个老头儿。他对伍子胥说："楚平王自己知道仇人多，唯恐将来有人刨他的坟。为这个，他做了好几个空坟，他又怕做坟的石工泄露机关，在完工之后，就把石工全杀了。我就是当时做活儿里头的一个石工，侥幸逃了出来。今天将军要替父兄报仇，我也正想要替被害的伙伴们报仇呢。"

伍子胥就叫这老石工领道，找着了坟地。大伙儿拆了石头坟。凿开了棺材，里头只有楚王的衣裳和帽子，连一根骨头也没有。伍子胥大失所望，真要哭出来了。那老头儿说："上面的坟是假的，真的还在底下呢。"他们拆了底板，再往下挖，又露出了一口棺材。据说楚平王的尸首是用水银炼过的，打开棺材一看，居然还很完整。伍子胥一瞧见楚平王的尸首，当时怒气冲天，立刻把他拉出来，抄起铜鞭，一气打了三百下，打得骨头都折了。他还不解气，把铜鞭戳进楚平王的眼眶子里，说："你生前有眼无珠，认不清谁是忠臣，谁是奸贼。你听信小人的话，杀了我的父兄。今天你再死在我手里，已经晚了。"他越骂越有气，把楚平王的脑袋砍了下来，亲手"杀了"楚平王的尸首。

伍子胥为了报仇，打发人上各处去探听楚昭王的下落。有一天，他接到老朋友申包胥一封信，里边写着："你是楚国人，为了要报父兄的冤仇，打败了本国，你

还拿铜鞭打碎了国王的尸首。仇也报了，气也出了。你还打算要怎么样呢？做事不能太过分。我劝你还是早点儿带着吴国的兵马回去吧。你也许还记得我说的话吧：你要是灭了楚国，我一定豁出我的命把它恢复过来。请你再考虑考虑。"伍子胥念了两遍，低头想了想。他跟那送信的人说："因为我忙得厉害，没有工夫写回信。烦你带个口信回去，告诉申大夫，就说我说，忠孝不能两全。我积了十八年的仇恨，到了今天也许有点儿不近人情，这实在没有办法。"

　　为了报私仇，伍子胥决心跟自己的国家为敌到底。

倒行逆施

这个成语出自《史记·伍子胥列传》，"吾（伍子胥）日暮途远，吾故倒行而逆施之。"

倒和逆，是反常的意思。伍子胥一家在楚国受到奸臣昏君的迫害。为了报仇，他投奔吴国，帮助吴王灭掉了楚国，又找出楚平王的尸首，鞭笞了三百下。他的好朋友申包胥知道了，对他说："你是楚国人，竟然做出这样的事，太过分了！"伍子胥说："我已经老了，以后的日子不多了，为了报仇只好做这样违背常理的事情。"

现在，这个成语指所做的事情与时代潮流、社会正义相违背，甚至突破了道德、人性的底线。

秦庭之哭

　　那个送信的回去之后，把这话告诉了申包胥。申包胥为了救楚国，想起楚昭王是秦国的外孙子，就连夜动身上秦国去借兵。他到了秦国，见着了秦哀公，说："吴王是个贪心不足的暴君。他想并吞诸侯，独霸天下。今天灭了楚国，明天还想着收服秦国。现在您的外孙子（指楚昭王珍）东奔西跑，命还不知道保得住保不住，求您出头帮个忙。要是能够把楚国恢复过来，还不都是您的大恩吗？到那时候，我们情愿永远做您的属国。"秦哀公说："你先上公馆歇歇去，让我跟大伙儿商量商量。"

　　秦哀公不愿意跟吴国打仗。申包胥几次三番地跟他哀求，他只是敷衍着。申包胥就站在秦国朝堂上一个劲儿地哭。大伙儿都散了，他还是不走。到了晚上，人家都睡了，他还站在那儿哭着。大伙儿都拿他当疯子看，谁也不去理他。他一连气七天七夜，也不吃也不喝，连觉也不睡，只是抱着朝堂的柱子哭个没结没完。哭得秦哀公也奇怪起来了。他心里琢磨着："楚国的臣下能够为国君这么着急！七天七夜水米不进。我这儿可找不出这么个人来。楚国有这样忠心的人还给吴国灭了，秦国找不出这样的人能管保不给人家灭了吗？万一吴国打到

申包胥

申包胥是春秋时期楚国的大夫。哭秦廷之后，申包胥成功地搬到了秦国的援兵，帮助楚王复国。楚王想要封赏申包胥，申包胥觉得自己做的事情很小，不需要奖励。楚王就命令逼着申包胥必须接受赏赐，没想到这个淡泊名利的申包胥居然逃跑了。但逃赏的申包胥仍然以国家的利益为重，二十多年后，申包胥又主动出使越国，劝说越王勾践攻打吴国，并贡献了计策，对吴国的覆灭起到了一定的催化作用。后来，"哭秦廷"也被搬上了京剧的舞台，成为了一出经典剧目，又名《七日七夜》。

这儿来，谁来救我呢？就是为了劝化自己的大臣们，我也得出一回兵吧。"

秦哀公就派大将子蒲（pú）和子虎率领着五百辆车去跟吴军决一死战。申包胥一见秦国发兵，就先跑到随国去报告楚昭王。楚国的君臣一听见秦国发兵，就好像从绝路里得到了活路，大伙儿请申包胥带着楚王的一队兵马去跟秦国的兵马会合起来。楚国的大夫子西和子期也整顿了一部分兵马一块儿跟着去接应。

申包胥当了先锋，一碰见吴国的公子夫概，就打起来了。夫概已经打了好几回胜仗，不把楚国人放在眼里，两边交手不到一个时辰，夫概忽然瞧见对面竖着一面大旗子，上边有个"秦"字。这一下子，吓了他一大跳。他想："秦国的兵马怎么会到这儿来了呢？"不由得着急起来。心里一着急，哪儿还来得及收兵？就见子蒲、子虎、子西、子期的兵马挺勇猛地冲过来。夫概退下来足有五十多里地，才扎住营盘。查点人马，差不多损失了一半。

夫概赶紧跑回郢都（郢 yǐng），见到吴王阖闾（hé lú），说："秦国的人马可够厉害的，怎么办呢？"阖闾真没想到秦国会来跟他作对，也有点儿担心。孙武说："楚国地界大，人又多，绝不能那么容易收服。再说还有秦国出来帮助。我上回劝大王立公子胜为楚王，就是为了这个。依我说，不如跟秦国讲和，答应他们恢复楚国。"这时候，伍子胥只好同意这么办了，只是伯嚭（pǐ）还不服气。他非要去跟秦国见个高低不可。阖闾就让他再去试试。

没有多大工夫，伯嚭坐着囚车回来了。他带去的一万人马给人家杀得才剩下两千。孙武对伍子胥说："伯嚭为人傲慢，将来准会败坏你的事业。还不如借着他这回打败仗的因由，依照军法把他处治了倒干脆。"伍子胥说："这回他虽说打了败仗，可是先头他也立过功劳。再说，我跟他原本是同病相怜地在一块儿做事，怎么能够为了这一回的失败就把他杀了呢？"他请求阖闾饶了伯嚭，孙武只是摇着脑袋不作声。

伍子胥又接到了申包胥的一封信，说："你灭了楚国，我恢复了楚国。这两桩事情都办到了。你我应当顾念自己的国家，别再伤了和气，连累百姓。你请吴国退兵，我也请秦人回去，好不好？"

伍子胥和孙武答应退兵，不过要求楚国派使臣到吴国去迎接公子胜，封给他一块土地。楚国那方面也答应了。吴国将士就把楚国库房里的财宝全都运到吴国去，又把楚国的老百姓迁移了一万多户到吴国，叫他们住在人口稀少的地方。

楚国的都城已经给吴国人毁了，楚昭王就迁都到都城（鄀 ruò），称为新郢。楚昭王经过了这回大难，立志整顿政治，安抚百姓。楚国从此大约有十年光景过的是艰苦的日子。

阖闾回到吴国，把第一大功归给孙武。孙武不愿做官，一心一意地要回乡下去。伍子胥一再挽留他，他反倒劝伍子胥，说："我不光是要保全我自个儿，还想保全你。你还是跟我一块儿躲开这地界吧，省得将来受人家的气。"伍子胥哪儿舍得走哇，孙武就自己走了。

秦庭之哭

这个典故出自《左传·定公四年》。

吴国打败了楚国，申包胥奔走秦国求救兵。秦哀公犹犹豫豫不肯出兵，申包胥就在秦国的朝堂上哭了七天七夜，一滴水也不喝，一粒米也不吃。秦哀公感动于他对国家的忠诚之心，为他唱起了秦国的《无衣》："岂曰无衣？与子同袍。王于兴师，修我戈矛。与子同仇！"发兵帮助楚国，击退了野心勃勃的吴国。

nán jú běi zhì
南橘北枳

　　齐景公派晏子（晏 yàn）出使楚国。楚国的国君听见齐国打发使臣上这儿来访问，成心想羞辱他一下，显一显楚国的威风。他们知道晏子是个小矮个儿，就在城门旁边开了一个五尺来高的窟窿，叫他从这个窟窿钻进去。晏子倒也会说话，他说："这是狗洞，不是城门。要是我上'狗国'来，就得钻狗洞。要是我来访问的是'人国'呢，就应当从城门进去。我在这儿等一会儿，烦你们先去问个明白，楚国到底是个什么国？"管城门的人立刻把晏子的话告诉了楚灵王。楚灵王只得吩咐人大开城门，把他迎接进来。那些个招待的人说了好些个难听的话讥笑晏子，没想到全都给他拿话驳回去了，他们就再也不敢张嘴了。

先秦时期外交礼仪

先秦时期，国家进行外交活动时要遵守许多礼仪规范。那时的外交活动主要有朝、聘、会、盟四种。其中的聘指的是礼节性的问候，包括诸侯各国聘问周天子，和诸侯国之间相互聘问。一般三年一大聘，一年一小聘。聘问的过程中，从决定出使人员到聘问过程，再到回国复命都有很严密的礼仪流程。正式聘问阶段，君主要派大臣去迎接使臣，打开大门，奏响礼乐，宴请使臣。最后，还要亲自把使臣送出门。所以楚灵王让晏子走小门是很轻视他的表现。但是到了春秋中后期，礼乐崩坏的风气之下，这些礼仪就不再被人严格地遵守了。诸侯国之间的聘问也不再是纯粹的礼节性问候，而是为了达到一些目的。晏子出使楚国，就是因为楚灵王四处征战，齐国的君主很怕他攻打齐国，想与楚国交好。晏子的智慧彰显了齐国人才济济、国力强大，让楚国不敢轻举妄动。

楚灵王见了晏子，跟他开个玩笑，说："难道齐国没有人了吗？"晏子说："这是什么话？临淄（zī）一个城已经挤满了人。大伙儿要都呵一口气，就能够变成一片云彩；擦一把汗，就能够下一阵雨；走路的人肩膀擦着肩膀；一停步，后面的人就踩着他的脚跟。大王怎么说齐国没有人呢？"楚灵王说："那么，为什么打发你来呢？"晏子一听这话，心里头又气又觉得可笑。他就回答说："敝国有个规矩，访问上等国，就派上等人去，访问下等国呢，就派下等人去。我最没有出息，就派到这儿来了。"说着他故意笑了笑，楚灵王也只得赔着笑了。

到了坐席吃饭的时候，武士们拉着一个囚犯从堂下过去。楚灵王问他们："那个囚犯犯了什么罪？哪儿的人？"武士回说："是个土匪，齐国人！"楚灵王扭过脸来，笑嘻嘻地跟晏子说："齐国人怎么那么没有出息，做这路事情？"晏子说："大王怎么不知道哇？江南的蜜橘，又大又甜。可是这种蜜橘种在淮北，就变成了枸橘（枸 gōu），又小又酸了。为什么蜜橘会变成枸橘呢，还不是因为水土不同吗？同样的道理，齐国人在齐国能好好地干活，一到了楚国，就当了土匪了，也许是因为水土吧。"楚国的国君觉得不是晏子的对手，大家伙儿对晏子反倒尊敬起来了。

晏子从楚国回来对齐景公说："楚国虽说兵马挺多，

可是没有了不起的人才。咱们没有什么怕他们的地方。主公只要把国家整顿好了，爱护百姓就成。还有一点，必须提拔有才干的人，远离小人。"

齐景公挺赞成他的话，可是他以为喜爱打架的大力士就算是人才。他只知道提升大力士的职位。这么一来，晏子反倒替齐国担了一份儿心。

南橘北枳

　　这个成语出自《晏子春秋·内篇杂下》："橘生淮南则为橘，生于淮北则为枳，叶徒相似，其实味不同。所以然者何？水土异也。"

　　淮河的南面降水丰沛，在这片土地上种的橘又甜又大。同样的种子，种到淮河以北就不一样了，那里相对干旱，长出来的果子又酸又小，被古代的人称为枳。这说明事物也好、人也好，最终成为什么样子，与其生长的环境有很大的关系。所谓"一方水土养一方人"，也是这个意思。

　　后来，这个成语用来表示同一个物种，随着生活环境的改变会产生变异。也指人受到环境影响而发生变化。

二桃杀三士
èr táo shā sān shì

　　鲁昭公来访问齐国。在坐席的时候，堂下站着齐景公顶宠用的三个大力士。晏子心里就挺不自在。齐景公把这种老粗当作了不起的人才，真正的人才谁还愿意来呢？晏子一心想把这些个武人轰走，然后再举荐真正有才干的人来。正当两位国君喝酒的时候，晏子有了主意。他向上禀报，说："主公种了好几年的那棵桃树，今年结了桃儿。我想摘几个来献给二位君主尝尝味道，不知道准不准？"齐景公就要派人去摘。晏子说："我亲自去看着看园子的人摘吧。"

　　去了不大工夫，他托着一个木盘，里头搁着六个桃儿，红绿的嫩皮，里头一汪水都快滋出来了。齐景公就问他："就这么几个吗？"他说："还有几个不太熟，

鲁昭公

　　鲁昭公是鲁国的第二十四任国君。他即位的时候已经十九岁了，可是还和小孩子一样任性，也不太守礼，大臣们就觉得他的君位坐不长久。公元前517年，鲁国发生了一个斗鸡事件。鲁国的执政官季平子和一个贵族郈昭伯（郈hòu）玩斗鸡，两个人都违反了规则。季平子在鸡的翅膀上撒了芥末粉，郈昭伯的鸡被呛得睁不开眼。郈昭伯更赖皮，给鸡戴上了铁爪子。两个人就此结了仇怨。季平子又强拆了郈昭伯家的后院，扩建自己的宫殿。郈昭伯把这件事告诉了鲁昭公。那时候鲁国真正有势力的是三个世家，被称为"三桓"，季平子就是"三桓"之首。鲁昭公趁这个机会攻打季平子，反倒被"三桓"联合起来驱逐出鲁国了。鲁昭公逃到了齐国，从此再也没能回到鲁国。他成了历史上第一个因为斗鸡被驱逐的国君。

就摘了这六个。"齐景公叫晏子斟酒行令。晏子奉上一个桃儿给鲁昭公，一个给齐景公，又斟满了酒，说："桃大如斗，天下少有；二君吃了，千秋同寿！"两位国君喝了酒，吃着桃儿，都说味道好。齐景公说："这桃儿不容易吃到，叔孙大夫挺贤明，天下闻名。这回又做了相礼，应当吃个桃儿。"叔孙舍跪着说："下臣不敢当。相国晏子协助君侯，才真贤明，国内政治清明，国外诸侯钦佩，功劳不小，这个桃儿应当赐给相国。"齐景公说："你们两个人都有大功，各人赐酒一杯，桃儿一个。"两个大臣就奉命又吃又喝。晏子说："还富余两个，我想主公不如叫臣下都说一说自己的功劳。谁的功劳大，就赏给谁吃。"齐景公叫左右传下令去，说："堂下的侍臣里头，谁要是觉得自己有过大功劳，只管照直摆出来，由相国来评定，评上了就赏给他一个桃儿，尝尝鲜。"

在齐景公顶宠用的那三个大力士当中，有个叫公孙捷的，往前走了一步，说："我先头跟着主公上桐山打猎，忽然来了一只老虎，冲着主公扑过来。我赶紧上去把那老虎打死，救了主公。就凭这件事我应该吃个桃儿吧？"晏子说："你救了主公的命，这功劳可真不小哇。"转过身去对齐景公说："请主公赏他一盅酒，一个桃儿。"公孙捷赶紧谢恩，一口就把酒喝了，吃着桃儿下去了。

另一个大力士名叫古冶子（冶 yě），挺莽撞地说："打一只老虎有什么了不起。我先头跟着主公过黄河的时候，遇见了一只老鼋（yuán）。它一下儿把主公的

马咬住，拖下水里去了。我跳下水去跟老鼋拼命，挣扎了半天，到了儿我把老鼋弄死，救出了主公的那匹马。这难道不算是功劳吗？"齐景公插嘴说："那天要是没有他呀，我连命都没有了！吃，吃！"晏子给他一个桃儿，又给他斟了一盅酒。

第三个大力士田开疆，气冲冲地跑上来嚷嚷着说："我曾经奉了主公的命令去打徐国。我杀了徐国的大将

不算，还逮住了五百多个敌人，吓得徐国赶紧投降，连邻近的郯国（郯 tán）和莒国（莒 jǔ）都归附了咱们。就凭这个功劳也配得个桃儿吃吧？"晏子说："像你这样为国出力，帮助主公收服属国这么大的功劳，比打老虎、斩老鼋的功劳还要大。可惜，桃儿都吃完了，赏你一盅酒吧。"齐景公说："你的功劳顶大，可是你说得晚了。"田开疆挺生气地说："打老虎、斩老鼋有什么稀奇？我跑到千里之外，为国增光，反倒没吃着，在两位国君跟前丢人，我还有什么脸面站在这儿呢？"这个老粗拔出宝剑来就抹了脖子。

公孙捷吓了一跳。他说："我凭着打死老虎这么点儿功劳，抢了田开疆的赏，自个儿真觉得脸红。我要是活着，哪儿对得起田开疆呢？"说话之间，他也自杀了。古冶子大声嚷着说："我们三个人是患难之交，同生同死的把兄弟，我一个人活着，太丢人了！"他也自杀了。齐景公急忙叫人去拦住，都没来得及。

鲁昭公直发愣。他挺抱歉地站起来，说："我听说这三位勇士都是天下闻名的人才，没想到今天就为了这两个桃儿都自杀了，未免太可惜，连我心里头都觉得非常不安。"齐景公叹了一口气，没说话。晏子好像没有事似的说："这样的武人虽说有用处，可不是什么了不

起的人才。今天死三个，明天就能来三十个。多几个，少几个，没什么大紧要。咱们还是喝酒吧。"

二桃杀三士

这个典故出自《晏子春秋·内篇谏下》。

晏子用两个桃子引起三个勇士争功，最后不费吹灰之力让三个人先后自杀。这个故事可以看出晏子的足智多谋，三勇士的骄横争功。但换一个角度也可看出三位勇士的耿直，而这种耿直在诡谲的朝堂上可能导致任人宰割的命运，悲凉可叹。

后来，人们多用这个典故指代用计谋杀人。诸葛亮的《梁甫吟》中就用到了这个典故，"一朝被谗言，二桃杀三士"；李白的《惧谗》中也有"二桃杀三士，诅假剑如霜"，说明了谗言假话的可怕。

路不拾遗

lù　bù　shí　yí

　　鲁国的季孙斯收了孔子的门生子路和冉有当家臣，势力越发大了。有一天，季孙斯问孔子，说："家臣眼瞧着又起来了，怎么办？"孔子说："家臣的势力一大，大夫反倒受了他们的压制。必须把他们的城墙再改矮了，家臣们才不敢随便背叛大夫。"

　　那时候，不必说一般的诸侯失了势力，就是掌握在大夫手里的大权也跑到家臣们的手里去了。鲁国在外表上是被"三桓"占了，其实这三家的土地又被他们的家臣占了。比方说，季孙斯的老根在费城，由他的家臣公山不狃（niǔ）掌握着。孟孙何忌的老根叫成城，由他的家臣公敛阳掌管着。叔孙州仇的老根叫郈城（郈hòu），由公若貌掌管着。这三家大夫就知道拼命扩充

065

自己的势力，不受国君管。可是他们三家的家臣也一样地都扩充自己的势力，也照样地不受大夫管。这三个家臣把那三座城墙修得又高又厚实，跟鲁国的国都曲阜一样。因此，孔子主张把城墙改矮了。

季孙斯把孔子的意思告诉了那两家大夫。他们全挺

三 桓

鲁国的"三桓"是指三大家族势力，这些势力是在鲁庄公时期形成的。鲁桓公有四个儿子，大儿子继承了王位，就是鲁庄公，其他三个儿子庆父、叔牙和季友各自封了官。庆父之乱以后三个兄弟死了两个，当上了鲁相的季友念着兄弟情分劝说鲁僖公分封了他们的后代。这样就有了孟孙氏、叔孙氏和季孙氏，因为他们都是鲁桓公的子孙，所以又称为"三桓"。"三桓"的势力越来越大，各自有了自己的政治中心，把国君的势力挤压得越来越小。周天子规定，诸侯贵族的城墙不能超过17尺，而这三家都把自己的城墙垒得高出了17尺。孔子觉得这很不符合规矩，力争去掉城墙多出的部分，这就是有名的"堕三都"。

赞成。三个大夫就通知三个家臣，叫他们赶紧把城墙矮下三尺去。那三个家臣没想到会出这个事。他们一时都没有主意了，答应也不好，不答应也不好。最后想起一个人来，要跟他去商量一下。他是那时候鲁国顶有名的人，叫少正卯（mǎo），就请他出个主意。少正卯反对孔子。他说："为了保卫国家才把城墙砌得又高又结实。要是怕掌管这城的臣下造反就把城墙改矮，那倒不如把城墙都拆去不是更干脆吗？可有一样，赶上别国打过来，这儿一点儿挡头都没有，那又怎么办呢？孔先生这种办法恐怕不太合适吧。"

三家的家臣本来恨不得把自己的地盘巩固起来，如今听了少正卯这套话，大伙儿就把主人的命令扔到脑袋后头去了。三家大夫一见家臣们还没把城墙改矮，就带着士兵围住城。有两家的家臣就叛变了，结果打了败仗，跑到别国躲着去了。

剩下一个家臣还是找少正卯给想个法子。少正卯说："您的城是鲁国北面顶要紧的一座城。要是城墙不高、不结实，万一齐国打过来，城墙改矮了，怎么守哇！我为了鲁国的安全，宁可把自己的命扔了也不能听别人的话拆去一块砖！"

孔子听见这话，就让季孙斯把这件事告诉鲁定公，叫鲁定公召集大臣们商量一下，这城墙到底应不应该拆。大伙儿一研究，有的主张应该拆，有的主张不应该拆，各有各的理由。少正卯一向是反对孔子的，这会儿反倒故意随着孔子的心意，说："我赞成孔司寇的主张，应该把城墙矮下三尺去。因为这么一来，至少有六种好处：第一，尊重了国君；第二，巩固了国都的形势；第三，可以减少私人的势力；第四，让那些反叛的家臣没有依靠；第五，能叫三家大夫心平气和；第六，能叫各国诸侯也照样地做。"

孔子看出了少正卯的奸诈，在他的花言巧语后面藏着坏主意，当时就站起来驳他，说："少正卯明明是挑拨是非，叫君臣上下彼此猜疑怨恨。这种扰乱国家大事的人应当判死罪！"大臣们觉得孔子这么说，有点儿偏差，全都给少正卯求情。有人竟说："少正卯是鲁国有名的人，就算他说错了话，也不至于就有死罪。"孔子说：
"你们哪儿知道少正卯的奸诈？他的话，听着好像挺
有理，其实都是些个坏主意。他的举动，看着好像叫
人挺佩服，其实，都是假装出来的。像他这种心术不正、
假充好人的小人顶能够颠倒是非地诱惑人，非把他杀
了不可。"孔子终于把少正卯杀了。

　　孔子在夹谷会上取得了外交上的胜利，拆了城头，
削弱了家臣们的势力；杀了少正卯，叫人不敢暗中挑
拨是非。鲁定公和三家大夫都挺虚心地听从孔子的主
张来改进朝政。鲁国自从让孔子治理以后，据说仅仅
三个月工夫就变成了一个挺像样的国家了。比方说，
要是有人在路上丢了什么，他可以到原地方去找，准
能找得着。因为没有主儿的东西，就没有人捡。夜里
敞着大门睡觉，也没有小偷儿溜进去偷东西。这么一来，
别的国一听到鲁国治理得那么好，都担着一份儿心。
尤其是贴邻的齐国，又是恨，又是怕，就有人出来想
法去破坏鲁国的内政。

　　齐国是大夫黎弥掌大权。他劝齐景公给鲁定公和季
孙斯送一班女乐去。这种女乐对没有能耐的糊涂君臣正
合口味。

　　齐国的使者带领着女乐到了鲁国，一边拿了国书去

见鲁定公，一边在南门外搭起帐篷先把女乐安顿下来。领队的怕歌舞不够好，就在南门外练习一下，同时也给鲁国人欣赏欣赏。鲁定公和季孙斯没等女乐进宫，偷偷地穿上便衣到南门外看歌舞去了。

　　第二天，鲁定公偷偷地叫季孙斯写了封回信，赏了来人，就把八十个歌女留在宫里。鲁定公在这八十个歌女里挑了三十个赏给季孙斯。从此，鲁定公和季孙斯就天天陪着美人儿。孔子未免要叨唠几句。他们对孔子也就恭恭敬敬地躲着了。子路对孔子说："鲁君不办正事，咱们走吧！"孔子叹了口气，说："我哪儿不想走呢？可是我打算在这儿再等几天。我想过了祭祀节再说吧。主公也许还能够遵守大礼。不是到了没法的时候，我总不愿意离开他。"

　　到了祭祀那天，鲁定公到场应应卯就走了。依照当时的规矩，祭祀过的肉应当由国君很隆重地分给大臣们。可是鲁定公把这件要紧的事推给季孙斯去办。季孙斯又推给家臣去办，家臣又推给底下人去办，底下人拿来自个儿受用，索性谁也不分了。孔子祭祀完了回到家里，眼巴巴地等着国君送祭肉来。一直等到晚上，也没见送来，直叹气。子路说："老师，怎么样了？"孔子说："唉，我干不下去了！命里该着，命里该着！"

这回他决心离开鲁国。子路、冉有也辞职不干了。除了他们两个以外，还有别的几个门生，一块儿跟着孔子走了。

路不拾遗

这个成语出自《孔子家语·相鲁》："道不拾遗，男尚忠信，女尚贞顺。"

遗，是指丢失的东西。在路上丢了的东西没有人捡起来占为己有。孔子想要建设起来的大同社会中，人们的道德修养都很高，才会出现路不拾遗、夜不闭户的情况。

后来，这个成语用来说明人民素养高，社会风气十分好。

卧薪尝胆

wò xīn cháng dǎn

　　吴越两国交兵，越国打了败仗，越王勾践派文种去讲和。

　　文种到了吴国的兵营里，拜见伯嚭（pǐ）。伯嚭架子挺大，坐在那儿动也不动。文种跪在地上，说："越王勾践年幼无知，得罪了贵国。他如今已经后悔了，情愿当个吴国的臣下。他怕吴王不答应，特地打发我来恳求您。您是吴王顶亲信的大臣，只要您在吴王跟前说句话，什么事没有不成的。勾践奉上白璧二十双，金子一千两，又从国里挑选了八个美女，派到这儿来伺候您。这点儿孝敬，请您先收下，以后还要不断地来孝敬您。"伯嚭听了文种的话，浑身都舒坦。可是他还装腔作势，显出满不在乎的样子，说："越国眼瞧着快完了，越国所有的全都是吴国的了。你想拿这么点儿东西来打动我吗？"文种说："越国虽说打了一个败仗，可是多少还有点儿兵马可以守住会稽。万一吴国再要逼过来，还能够拼命地打一阵。要是再打败的话，只得放火一烧，把库房里的财宝烧个精光，吴国休想能得着什么。就算能得着一些财宝，吴王也未必能全都赏给您。我们来跟您求饶讲和，还不是为了您一向就比他们贤明吗？"伯嚭点了点头，说："你们也知道我向来不会欺负人。好，就这么办吧，明天带你去见大王！"

当天晚上，伯嚭先把这事跟夫差说了一遍，夫差答应了。第二天，文种跪在夫差面前，把勾践请求讲和的意思说了。夫差说："越王情愿当我的臣下，他们两口子愿意跟着我上吴国去吗？"文种说："既然当了大王的臣下，自然应当去伺候大王。"伯嚭插嘴说："勾践夫妇情愿上吴国来伺候大王，越国就是吴国的了。大王答应了吧。"夫差就答应了。

右边兵营里的伍子胥听说越国打发人来求和，赶紧跑到中军去见吴王夫差。他一见伯嚭和文种站在夫差旁边，就气冲冲地问夫差，说："大王答应了吗？"夫差说："已经答应了。"伍子胥大声嚷着说："不能！不能！越国和吴国是势不两立的。吴国不把越国灭了，越国就一定会把吴国灭了。再说先王的大仇，不能不报！"
夫差给伍子胥说得回答不上来，挺害臊地看了看伯嚭。
伯嚭说："这回大王把越国打败了，越王情愿做臣下，
先王的仇已经报了。相国也曾经给父兄报过大仇，为什
么不把楚国灭了呢？你自个儿报了仇，答应楚国求和，
当了个忠厚的君子。这会儿大王的仇也报了，你反倒叫
大王不依不饶的。难道你做了忠厚的事，倒叫大王刻薄
起来吗？"夫差连连点头，说："可不是。相国先上后
边歇息歇息吧！"气得伍子胥只能唉声叹气地出来了。

吴越之仇

公元前 496 年，越王勾践即位，吴王阖闾
趁着机会攻打越国。没想到勾践是个狠角色，
看到吴军列阵严密，敢死队冲不进去，就找了
一队犯人在阵前集体自杀，吸引吴军的注意力，
然后偷袭。吴王阖闾一个不小心被越国的大将
军给刺伤，逃跑的途中死掉了。新的吴王夫差
决心给父亲报仇，派了大臣站在宫门口，一看
见夫差就说："大王，您忘了父亲的仇恨了吗？"
就这样天天勉励自己，终于增强了国力，壮大
了军队，打败了越王勾践。

他出来碰见了大夫王孙雄。伍子胥对他说："越国十年生聚，十年教训，用不了二十年工夫就能够把吴国灭了！"王孙雄冲他笑了笑，有点儿不信。气得伍子胥更是连连叹气。他弄得没有一个人能跟他同心合意的了。可是他还舍不得离开吴国。

文种回到会稽，报告了求和的经过。大伙儿劝解越王只管放心到吴国去。他们都下了决心，在国内苦干，想法子恢复越国。勾践就拜托文种和大臣们管理国事，自己带着夫人和范蠡（lí）上吴国去。越国的大臣和老百姓沿路哭着送行。

勾践到了吴国，夫差让他们两口子住在阖闾（hé lú）大坟旁边的石屋里，叫勾践给他看马。范蠡跟着他做奴仆的工作。夫差每次坐车出去，勾践总得给他拉马。吴国人老指着勾践，说："瞧！这是咱们大王的马夫！"勾践老是低着头，不言语，随便让人家取笑。就这么过了三年。在这三年当中，勾践挺小心地伺候着吴王，真是百依百顺的，比别的使唤人还要驯服。文种还时常打发人给伯嚭送礼。伯嚭老在吴王跟前给勾践说情。

有一回夫差病了，勾践托伯嚭带话，说他听说大王病了，挺惦记的，想来问候问候。夫差瞧他殷勤得挺可怜的，答应了。伯嚭带着勾践到了内房，夫差正要拉屎，勾践赶紧过去扶着他。夫差叫勾践出去。勾践说："父亲有病，做儿子的应当服侍；大王有病，做臣下的也应当服侍。再说我还有点儿小经验，瞧见拉的是什么屎，就能知道大王的病是轻是重。"夫差只得让他扶着，拉完了之后，夫差觉得舒坦点。勾践偷偷地掀开马桶盖，背地里不知道干些什么，回头就向夫差磕个头，说："恭喜大王！大王的病已经过了险劲儿了。要是没有别的变化，再待几天就完全好了。"夫差说："你怎么知道的？"勾践说："我刚才仔细看了大王的粪，瞧那个颜色，闻那个味道，就知道肚子里的恶毒已经发散出来了。"夫差听了，大受感动。他说："唉！我太亏负你了。等我病好了，我准放你回去。"

　　夫差害的病本来没有什么大不了的。待了几天，就大好了。他答应勾践回越国去，还预备了酒席给他送行。伍子胥又来拦住他，夫差真冒了火儿了，气冲冲地说："我得病的当儿，勾践挺小心地服侍我。你倒好，连句话也没有。老摆着你那老前辈的架子，不准我干这个，不准我干那个！我盼望老相国往后少说话吧！"伍子胥不便再开口，一声没言语。

　　夫差亲自送勾践上车，勾践夫人拜谢了吴王，也上了车。范蠡拉着缰绳，说了一声"再会"，君臣三个人就一起回越国去了。

勾践回到越国，大臣们一见，一个个都是又高兴又伤心。勾践对他们说："我是个国破家亡的奴才，要不是诸君这么尽心尽意地出力，我哪儿还有回国的一天？"范蠡说："这是大王的洪福，哪儿能算是我们的功劳呢？但愿大王从今往后，时时刻刻记住石屋看马的耻辱，越国才有盼头，我们的仇准能得报。这是我们做臣下的和全国人唯一的愿望！"勾践说："我决不叫你们失望！"他就叫文种管理国家大事，叫范蠡整顿兵马，自己挺虚心地接受别人的意见，对一些穷苦人，真心实意地想办法救济他们。这么一来，全国的人个个欢喜，恨不得把自己的能耐全都拿出来，好叫这受欺压的国家变成一个强国。

勾践唯恐眼前的舒服把志气消磨了，他就改变日常生活，把软绵绵的褥子撤去，拿柴草当作褥子。在吃饭的地方挂上个苦胆，每逢吃饭的时候，先尝一尝这苦味。这就叫"卧薪尝胆"。这回亡国之后，越国的人口减少了，勾践就定出几条奖赏生养的条例来。例如：上了年纪的人不准娶年轻的姑娘做媳妇儿；男子到了二十岁，女子到了十七岁，还不成亲的，他们的父母要受一定的处罚；快要临盆的女人，必须报官，好派官医去照顾她；添个

小子，国王赏她两壶酒，一条狗；添个姑娘，国王赏她两壶酒，一头猪；有两个儿子的，官家给送粮食；有三个儿子的，官家给派乳母。赶到种地的时候，越王亲自拿着锄头在地里干活，为的是让庄稼人好提起精神，加劲儿种地，多打粮食。国王的夫人也老出去，看望看望织布纺线的姑娘和大娘们。没有事的时候，自己也在宫里织布。七年里头，国家什么捐税都不收。穿衣、吃饭，处处节省。全国差不多都不吃荤，也不穿漂亮的衣裳。他们自己这么节省，为的是给吴王夫差进贡。夫差见勾践月月有东西送来，非常满意。越国又进贡了一大批麻布和蜂蜜。吴王更加高兴了。这一来，两国相安无事。可是勾践反倒着急起来了。

有一天，他对文种说：“要是老这么下去，怎么能跟吴国报仇呢？”文种说：“我有七个计策，能够灭吴国，报咱们的仇：第一，多多给吴国送贿赂，让吴国的君臣喜欢；第二，收买吴国的粮食，弄空他们的仓库；第三，用美人计去诱惑吴王，让他荒淫无道；第四，送给吴国顶好的砖、瓦、木料和木工、瓦工，叫吴国大兴土木，为的是让他劳民伤财；第五，打发探子去当吴国的臣下；第六，到处散布谣言，叫忠臣们退避不问国事；第七，自己多积攒粮草，操练兵马。这么着，到了时候，管保能把吴国灭了。"勾践连连点头，说："好计策！好计策！"

这时候，夫差正打算起造姑苏台。越王趁着这个机会，预备了几根又长又大的木料，打发文种送去。夫差从来没见过这么大的木料，非常高兴。可是这几根大木料竟把起造姑苏台原来的计划改变了。大材不可小用，姑苏台得加高一截，还得往大里开展，才能够高矮合适。这么一来，工程可就大了。苦了吴国的老百姓，连黑天带白日地干着，有时候还得挨揍。

勾践见文种的这一个计策起了作用，就叫他和范蠡去找美女。范蠡说："这事我早就准备好了。托大王洪福，我找着了一位又精明又懂大义的姑娘，她叫西施。她情愿舍出自己的身子，去给大王报仇。她还约了个帮手，叫郑旦。大王把这两个人送给夫差，文大夫的第三个计策管保又能办到。"勾践就打发范蠡护送她们上吴国去。

范蠡带着西施和她的帮手郑旦上吴国去。西施和范蠡本来是一对情人。这一路上真是有说不出来的伤心难受。倒是西施挺有志气，咬着牙，把自己的眼泪往肚子里咽，脸上还强撑出大义的样儿来。她对范蠡说："你别伤心了！咱们亡了国，还能随自己的心意讲恩爱吗？咱们已经把身子献给国家，就不能再那么儿女情长了。

再说，送给夫差的只是我的身子，我的心永远是你的，谁也抢不去。我不怕别的，我就怕将来计策成功了，你也许不认我了。那时候，就是咱们还有见面的日子，我哪儿还有脸再见你呢？"范蠡低着脑袋一声不言语地听她说着这番话，听到末了这两句，急得他直起誓发愿地说："你为了大王，为了父母之邦，为了我，去受这么大的委屈，我已经佩服得没有话说了。我要是不把你当作天底下顶纯洁的女子看待，叫老天爷重重地罚我！"

她们进了吴国的王宫。模样长相是不用说的了，外加西施那种才干、见解和谈吐，处处高人一等。没有几天工夫，夫差就当了西施的俘虏。西施不光叫夫差宠爱她，还叫夫差尊敬她。她见夫差成天陪着她，反倒生了气。她皱着眉头，说："大王知道如今天下的大势吗？楚国打了败仗之后，还没恢复元气；晋国早就失了霸主的威风；齐国自从晏子一死，国里头没有了不起的人；鲁国三家大夫就知道拼命地扩充自个儿的权势。中原诸侯哪儿有一个能够跟大王相比的呢？大王不趁着这时候去干一番顶天立地的大事业，反倒天天陪着我们饮酒作乐，人家还准以为是我把您的志气消磨了。您就是不替吴国增光耀祖，至少也该为了疼我，去当中原的霸主，让我在历史上也好落个美名儿。"夫差听了西施这篇高论，每个汗毛眼儿都充满了快乐和佩服。

正在这时候，齐国派使者来请求吴国派兵一同去打鲁国，说是因为鲁国欺负邾国（邾 zhū）。夫差诚心要上中原去做一番事业，就答应齐国，发兵去跟齐国军队会师。

原来邾国的国君娶了齐悼公的妹妹做夫人，觉得有了大国做靠山，就得意起来，慢慢地跟鲁国不和了。鲁哀公叫季孙斯去打邾国，把邾君逮了去。齐悼公认为鲁国逮了他的妹夫，就是瞧他不起，这才去约会吴王夫差一块儿去打鲁国。鲁哀公一听齐国借了吴国的兵马来打他，赶紧把邾君放了，又向齐国赔不是。齐悼公有了面子，不想再打仗。打发使者去对吴王夫差说："鲁国已经求和了，不敢再劳动大王的大军，请回去吧。"夫差可不答应，他说："这么老远的道儿，发一回兵也不容易。叫我发兵的也是你们，叫我退兵的也是你们，难道说我吴国是你们齐国的属国吗？"他就带着这队人马去打齐国。鲁国见风转舵，连忙给夫差送礼，跟着他一块儿去打齐国。两国的兵马一直冲进齐国，吓得齐国人乱起来了，连上带下没有不埋怨齐悼公的，说他不该把敌人请进来。这时候齐国顶有势力的大夫陈恒和鲍息两家就借着这个茬儿把齐悼公杀了，向吴王夫差请罪求饶，情愿年年进贡，服侍吴国。这么着，不但鲁国，连齐国也做了吴国的属国了。

夫差一发动，就收服了齐、鲁两国。他从中原回来，越发佩服西施，把她当作谋士，老跟她谈论国家大事。有时候朝廷上有什么疑难的事也得跟她商量一下。有一回，夫差对她说："今天越国的大夫文种上这儿来。他说，越国收成不好，粮食不够，打算跟咱们借一万石（dàn）。过年如数归还。你瞧这事应该怎么办？"西施说："大臣们怎么说的？"夫差说："他们也没有一定的主张。伯嚭他们劝我答应。伍子胥说什么也不干。"西施冷笑了一声，撇着嘴，说："芝麻大的事也值得费这么大的劲儿？

大王是个精明人，您没听见过'国以民为本，民以食为天'这两句话吗？越国已经属于大王了，每个越国人全都是大王的人，难道说大王就这么忍心让他们活活地饿死吗？早先齐桓公在葵丘开大会的时候，就不准诸侯囤积粮食，每个国家都应当帮助闹饥荒的邻国。秦穆公还拿大批的粮食去救济敌国的难民，他才称得起西方的霸主。难道大王还比不上齐桓公、秦穆公吗？"夫差连连点头称赞，说："大臣们也有劝我应该救济越国的，可是他们没像你说得这么透。我明儿个答应文大夫就是了。"

文种领了一万石粮食，回到越国。勾践跟大臣们乐得连嚷带跳。文种把这些粮食全都分给穷人。这一来，全国的人，没有一个不感激越王的。转过年来，越国年成丰收。文种就挑选了顶好的可以做种子的粮食一万石，亲自去还给吴国。夫差见勾践不失信，更加高兴了。他把越国的粮食拿来一瞧，粒粒足实、饱满，就对伯嚭说："越国种的颗粒比咱们的大。咱们就把这一万石当作种子，这一来，咱们的庄稼也就更好了。"伯嚭就把越国的粮食分给农民，叫他们去种。到了春天，吴国的庄稼人下了种，天天等着新秧长出来。等了十几天了，还没出芽。他们想，好种子大概要比普通种子出得慢一点儿。就耐着心又等了几天。没想到全国撒下去的种子全霉烂了。他们没有主意了。后来，只好赶紧再用自己的种子，可是已经误了下种的时候。这一年的饥荒算是坐定了。吴国的老百姓都埋怨吴王不顾土地合适不合适，就冒冒失失地用了越国的种子。他们哪儿知道文种的狠劲儿呢？原来他送去的都是已经蒸熟了又晒干的种子呀！

越王勾践听见吴国闹了饥荒，就想发兵。文种说："还早着呢！一来，伍子胥还在；二来，吴国的兵马还没派到别的国去。"越王勾践只好耐心等着，趁这时候扩大军队，操练兵马。

卧薪尝胆

这个成语记载在《史记·越王勾践世家》里："乃苦身焦思，置胆于坐，坐卧即仰胆，饮食亦尝胆也。"

薪，是柴草的意思。越王勾践回到越国后，为了让自己时时刻刻不忘在吴国所遭受的屈辱，铭记灭国的仇恨，每天睡卧在柴草上，吃饭之前先尝尝苦胆，最后奋发图强，灭掉了吴国。

后来，大家习惯用这个成语形容人刻苦勤奋，奋发图强。

捧心西子

pěng xīn xī zǐ

　　吴王夫差打败了齐国，回到吴国，文武百官都来给他朝贺，反正都是些个奉承他的话。唯独伍子胥站在旁边垂头丧气地一声不言语。夫差挺不高兴，他说："老相国一向不让我去打齐国，如今上上下下都立了功。你呢，反倒没有份儿。"伍子胥冷笑一声，说："哼！把齐国打败了，不过得了点儿小便宜；越国来灭吴国，那才是个大灾祸！大王别为了贪小便宜吃大亏才是呀。"夫差恨不得当时把他轰出去，可是他是先王手下的大臣，立过大功，只好耐着性子不理他就完了。

　　过了些日子，越王勾践亲自来给吴王朝贺。吴王夫差就对大臣们说："上回征伐齐国，有功的都得了赏。越王也派了三千人马，说起来也有功劳。再说他真心实

意地顺服我们已经好几年了，我打算再封他一点儿土地，你们认为怎么样？"大伙儿都说："大王赏赐有功的臣下，非常贤明！"伍子胥趴在地下，气鼓鼓地说："大王怎么竟爱听这些个奉承的话呢？您不想灭越国，越国可准会来灭咱们的！"夫差动了气。大伙儿都劝伍子胥别说了，伍子胥哪儿肯听啊！他还一个劲儿引经据

关龙逢、比干

关龙逢是夏王朝有名的贤臣。那个时候夏王朝的帝王是夏桀，是个昏君，每天和宠妃妹喜在一起，不理朝政。有名的酒林肉池就是夏桀建造的，老百姓们都恨这个昏庸的君主。关龙逢眼看着夏朝要完，固执地对夏桀谏言。夏桀见他啰啰唆唆，没完没了，下令把他杀了，不久后夏朝也灭亡了。关龙逢是中国历史上第一个死谏的忠臣。

比干是商纣王的叔叔，他见商纣王又暴虐又昏庸，就忠言直谏。没想到不仅丢了命，还被挖出了心脏。

这两个人都是历史上有名的因为劝谏昏君而丢了性命的忠臣。

典，什么关龙逄（páng）啊，比干哪，可这么一唠叨，伯嚭（pǐ）听得不耐烦了，就说："你要是真正忠心为国，就不该把自个儿的儿子托付给鲍家呀！"

原来夫差没打齐国之前，打发伍子胥去送国书。书里的意思是数落齐简公不该欺负鲁国。这本来是夫差成心叫齐简公杀伍子胥的意思。没想到齐国的大夫鲍息是

林汉达成语故事

隐身战国的成语

伍子胥的老朋友。他在齐简公跟前给伍子胥说了好话，才把伍子胥放回来。伍子胥预料吴国终究得有一场大祸，就私下里把他儿子伍封送到鲍息家里，托付鲍息给照管着，还改了名字叫王孙封。有人把这件事在伯嚭跟前泄了底。伯嚭就说伍子胥有了外心，这回才敢当面顶他。夫差一听，更是火上浇油，就对伍子胥说："我看在先王的面上，不能太为难你。可是你自己得要明白，往后别再见我的面了。"

当天晚上，夫差闷闷不乐地回到宫里，同西施和郑旦说起伍子胥的事。郑旦唉声叹气，西施揉着胸脯，瞪了郑旦一眼，转脸跟夫差说："怪不得他老拦着大王去打齐国呢，原来是给他自个儿留着退身！俗语说得好：'用人不疑，疑人不用。'大王要是用他，就听他的话。那就先把我这个越国人杀了，再去打越国，然后一心一意地去服侍齐国。"说着，皱着眉头，捂着胸口，好像受了多大委屈似的。夫差知道她素来有心疼的毛病，这病一发作，她就皱着眉头，两手捂着胸口（文言叫"捧心"），他就赶紧安慰西施，说："这是怎么说的，我哪儿能听他的呢？"西施跟着说："大王要是不用他，那么还留着这种有了外心的人干吗？像这种人连本国的人他都屠杀，楚平王的尸首他还用鞭子抽呢！难道他还能怕您吗？"夫差在西施的手心里就好像墙头上的草，随风倒，西施要他往哪边倒就往哪边倒。

夫差叫人给伍子胥送一把宝剑去，那把宝剑有个名字叫"属镂（lòu）"。伍子胥拿着属镂叹息了半天，对手下的人说："我死了之后，你们把我的眼睛挖出来，挂在东门口，我要瞪着眼睛瞧着越国的兵马进来！"说着，他就自尽了。那个送剑的人，把宝剑拿回来，把伍子胥临死说的话说了一遍。夫差叫人把伍子胥的尸首扔到江里去，气哼哼地说："看你怎么瞧着越国的兵马进来！"

夫差杀了伍子胥，拜伯嚭为相国，一心打算会合中原诸侯当个领袖。西施又故意劝他别为了儿女情长耽误了霸业。她的帮手郑旦可老是愁眉不展的，好像有说不出的苦楚憋在心里似的。日子一长，西施瞧着有点儿不对劲儿。有一天趁夫差不在家里，西施就问郑旦："你怎么一天到晚老是愁眉不展的？"郑旦吞吞吐吐地说："也没什么，我老觉得，大王待咱们不错，我有点儿不忍心害他。可是也忘不了咱们越国的仇……你说，有没有两全齐美的办法呢？"西施怕她真会跟吴王一条心，那可坏了。她叫郑旦死了这个两全齐美的念头，就说："没有！我劝你只要别破坏我的事就成了！"郑旦急得直起誓发愿的，嗔（chēn）着西施不体贴她的苦楚，抽抽搭搭地哭着说："姐姐你放心，我虽说没有你那份刚强劲儿，可国仇跟私恩，多少我还能认得清！……"

后来，郑旦病了。越来越重，不到几个月工夫，她就死了。夫差非常伤心，把她埋在黄茅山，还特意给她立了一个祠堂。西施见夫差总是闷闷不乐，一边变着法儿地讨好他，一边老拿"大丈夫""英雄好汉""中原霸主"这些话去激他，为的是让吴国消耗实力，给越国进攻吴国造就有利条件。

捧心西子

《庄子·天运》里面记载了这个成语的由来："故西施病心而颦其里，其里之丑人见而美之，归亦捧心而颦其里。其里之富人见之，坚闭门而不出；贫人见之，挈妻子而去之走。彼知颦美而不知颦之所以美。"

西子，就是春秋时期越国美女西施。西施因为有心痛的毛病而时常皱眉捧心，柔柔弱弱，惹人怜爱。

后来，人们就用这个成语来形容美女即使在病中也有别样的美丽。

输攻墨守

  楚国被吴国弄得国破人亡，幸亏仗着申包胥借了秦兵，总算上下一心把楚国恢复过来，这时候，楚昭王死了，他的儿子即位，就是楚惠王。楚惠王整顿朝政，发愤图强，从此楚国转危为安，接连着兼并了陈国、蔡国、杞国、莒国（莒 jǔ）。这一来，楚国又强大起来。

  当楚惠王发愤图强的时候，他重用了一个当时最有本领的匠人，他是鲁国人，叫公输般，就是后世土木工人奉为祖师的鲁班爷（班，是名，也写作"般"，公输氏，所以也叫公输般）。公输般做了楚国的大夫，替楚王设计了一种攻城的工具叫云梯。从前楚庄王派公子侧攻打宋国的时候，造了几座跟城墙一般高的兵车叫"楼车"。公输般造的梯子比楼车还高，看起来简直可以碰到云端似的，所以叫"云梯"。公输般一面赶紧制造云梯，一面准备向宋国进攻。这种新的攻城云梯一传扬出去，列国诸侯都有些担心，宋国人认为大祸临头，更加害怕，有的还真大哭起来。

公输般的云梯，还有撞车、飞石、连珠箭等新的武器吓坏了某些人，可是也引起了另一些人的反抗，其中反抗最厉害的是那位主张互相亲爱、反对侵略战争的大师墨子。墨子名翟（dí），也是鲁国人（也有人说是宋国人）。他也像孔子那样收了不少弟子，可是他的弟子跟孔子的弟子大不相同。因为墨子自己是农民出身，他反对不劳而食，反对铺张浪费，反对儒家所提倡的礼乐，反对三年之丧的"久丧"和厚葬，主张劳动，提倡节约，他所收的弟子大多都是从事生产劳动的学者。墨子和他所创导的墨家代表当时庶民的利益。所谓

"庶民"就是真正从事生产的广大的劳动群众。墨家反对那种封建领主争城夺地而使老百姓掉在水里火里的封建混战，他们要求挨饿的要有饭吃，受冻的要有衣穿，劳累的要有休息的权利。墨子的理论在广大的农民中起了很大的影响。

这会儿墨子听到楚国要利用云梯、撞车等去侵略宋国，就派了三百个弟子帮助宋国人守城，自己急急地跑到楚国去，脚底起了泡，他撕了衣裳裹着脚再走，十天十夜，到了新郢（yǐng）。他劝公输般不要去打宋国。

墨家团体

墨家团体是中国历史上第一个民间武装团体。成员们大多从事底层劳动，有的是工匠，有的是老师，他们都秉承墨家思想，反对战争，为底层劳动者谋取利益。所以，哪里的老百姓受苦，他们就去帮助哪个国家。墨家团体里的领袖是最有贤德的人，叫巨子。墨子就是第一任巨子。中国第一所集文、理、军、工于一体的综合性平民学校就是由墨子创办的。墨家团体纪律严明，大家都穿短衣草鞋，很有辩才，更会制作精良的攻守武器。

公输般以为自己用云梯攻城很有把握，楚王也以为这次非把宋国攻下来不可。墨子就直截了当地说："你能攻，我能守，你占不了便宜。"他解下了身上系着的皮带，在地下围着当作城墙，再拿了几块小木板当作对付攻城的机械。公输般采用一种方法攻城，墨子就用一种方法抵抗；公输般改换一种攻城的工具，墨子就改换一种方法守城。一个用云梯，一个用火箭；一个用撞车，一个用滚木礌石；一个挖地道，一个用烟熏。公输般一连用了九种攻城的方法，墨子就用了九种守城的办法把他打回去。公输般的九种方法使完了，墨子还有好几种守城的高招没使出来。末了，公输般说："我还有办法打胜你，可我不让你知道。"墨子说："我还有办法抵制你，我也不让你知道。"两个人就这么结束了争论。

楚王偷偷地问墨子："他说他有办法打胜你，可他不说；你说你有办法抵制他，可是你也不说。你们耍的到底是什么花招？"墨子老实告诉他，说："公输子的意思我知道。他呀，想杀我。他以为杀了我，他就能够攻破宋国了。他错了。就算杀了我，他也不能成功。我已经派了我的弟子禽滑厘（qín gǔ lí）他们三百多个人守住宋城，他们每一个人都能用我的办法和机械对付楚国人。你们侵略别人是占不到便宜的。我很诚恳地告诉

您：楚国地方五千里，地大物博，你们只要好好地干，就可以大量地增加生产。宋国地方五百里，土壤并不肥沃，物产也不丰富。大王为什么扔了自己华贵的车马去偷别人家的破车呢？为什么扔了自己绣花的绸缎长袍去偷别人家的一件破短褂？"楚王红着脸，点点头，说："先生的话说得对！我决定不去进攻宋国了。"

输攻墨守

这个典故出自《墨子·公输》："公输盘九设攻城之机变，子墨子九距之。公输盘之攻械尽，子墨子之守圉有余。"

输，指的是公输般。墨，指的是墨子。楚惠王请鲁班帮忙攻打宋国，墨翟则要帮助宋国抵御楚国。墨翟为了劝说公输般放弃攻打，和公输般做起了攻守演练，两人见招拆招，一时难分胜负，最终公输般还是败给了墨翟，楚惠王也就打消了攻宋的念头。

后来，这个典故就用来形容敌对的双方力量相仿，各有神通。

niǎo jìn gōng cáng
鸟尽弓藏

公元前473年，越王勾践带着范蠡（lí）、文种，亲自率领着大队人马攻打吴国。吴国兵马一连气打了几回败仗。在笠泽被打得一败涂地。夫差打发王孙雄上越国兵营去求和，情愿当个属国。勾践坚决不答应。夫差没有法子，只好叫伯嚭（pǐ）守着城，自己带着王孙雄逃到阳山去了。范蠡、文种的兵马接连不断地攻打。伯嚭抵挡不住，先投降了。越国的兵马追上夫差，把他围困起来。

夫差写了一封信绑在箭上射到范蠡的兵营里去。范蠡跟文种拿来一看，上头写着："狡兔死，走狗烹；飞鸟尽，良弓藏；敌国灭，谋臣亡。大夫为什么不留着吴国给自己做个退步呢？"他们写了一封回信，也用箭射了过去。夫差拿来一看，上头写着："你杀害忠臣，听信小人。专凭武力，侵犯邻国。越国杀了你的父亲，你不知道报仇，反倒放走了敌人。——你犯了这么些罪过，哪儿能不死呢？二十二年前，老天爷把越国送给你，你不要。如今老天爷把吴国送给越王，越王哪儿能违背天命呢？"夫差念到末一段，止不住流下眼泪来。王孙雄说："我再去求求越王，瞧他还有人情没有？"

待了一会儿，王孙雄回来说："越王看在过去的情义上，要把大王送到甬东的岛上去，给您五百户人家，养您到老。"夫差苦笑着说："我已经上了年纪，何必再受这份罪！你拿衣裳挡着我的脸，我还有什么脸去见伍子胥呢？"说着就

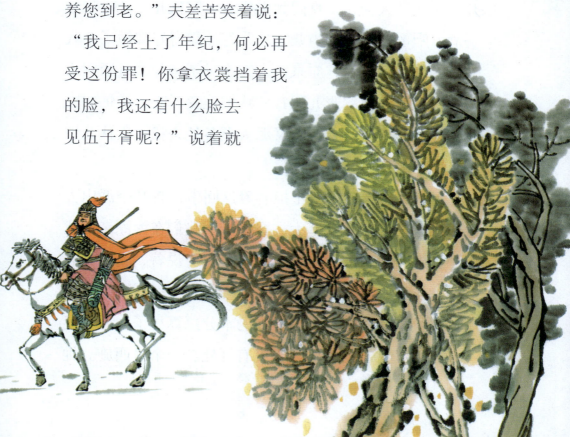

自杀了。王孙雄脱下自己的衣裳，包上夫差的尸首，他也自杀了。

越王勾践进了姑苏城，坐在吴王夫差的朝堂上。吴国的相国伯嚭挺得意地也站在那儿，捻着几根七长八短的胡子，等着受封。勾践对他说："你是吴国的太宰，我哪儿敢收你做臣下呢？如今你的国君在阳山，你怎么不去呀？"伯嚭听了这话，低着脑袋，垂头丧气地退出去。勾践派人追上去，把他杀了。

勾践从徐州（徐 shū）回到姑苏，就在吴王的宫里开了个庆功大会，一直闹到半夜。大家伙儿正乱哄哄地喝酒、唱歌、作乐的当儿，勾践忽然觉得好像短了个人似的，细细一查看，原来范大夫不见了。勾践赶紧叫人去找，哪儿有他的影儿呢？勾践怕他变了心，连忙叫文种去接收他的军队，接着又派人上各处去找。大伙儿忙乱了一宿，还是找不到他。

到了第二天，勾践正担心着这回事，有几个派出去的人回来了，说："范大夫自杀了。我们在太湖旁边找着了他的外衣，兜儿里还有一封信。"说着，就把衣裳和信递了上去。勾践赶紧先看那封信，上头写着说："大王灭了吴国，当上了霸主，我的本分总算尽了。可是还有两个人，留着他们对大王没有好处。一个是西施。她迷惑了夫差，弄得吴国灭亡了，如果留着她，也许能迷惑大王，因此，我把她去了。一个就是我范蠡。他帮着大王灭了吴国，留着他，他也许要扩大自己的势力，因此，我把他也去了。"勾践知道范蠡杀了西施之后，他自己也死了，这才放了心。他半天没言语，拿起范蠡的衣裳，说："我全靠你，才有今天。我正想报答你的功劳，你怎么就这么扔下我呢？"大伙儿也都有点儿难受，文种更觉得闷闷不乐，没精打采地出来了。

过了些日子，忽然有人给文种送来一封信。文种拿过来一看，上头写着："你还记得吴王说的话吧，'狡兔死，走狗烹；飞鸟尽，良弓藏；敌国灭，谋臣亡'。越王这个人能够容忍敌人的欺负，可不能容忍有功的大臣。我们只能够同他共患难，可不能同他享安乐。你现在不走，恐怕将来想走也走不了啦！"文种才知道范蠡并没死，他原来带着西施隐居起来了。其实范蠡已经带着财宝珠玉，弃官经商，改名更姓，到了齐国。后来搬到当时人口众多、交通便利、买卖发达的大城市定陶，称为朱公，财富多到万万，就是后来称为陶朱公的大富商。当时文种回头叫那个送信的人，那个人早就跑了。文种就把那封信烧了。心里挂念着老朋友，可不怎么真信他这些话。他认为勾践不过对待敌人刻薄点，要说他

范蠡经商

范蠡除了很有治国之才以外还很有经商头脑。范蠡发现吴越地区很需要战马，而北方的战马膘肥体壮又很便宜，就想从北方运马到南方卖。可是这一路上强盗很多，一不小心就会被抢。他听说有一个叫姜子盾的麻布商人很有势力，早就买通了一路上的强盗。范蠡立马想出了主意。他买好了马匹，跑到城门口张贴了告示，说：范蠡新组建了一支马队，能帮商人运送货物到吴越。姜子盾看到告示，果然去找了范蠡说要运麻布。范蠡就这样借着姜子盾的势力成功地把马运到了吴越地区，赚了第一桶金。范蠡经商也很讲究诚信。那个时候没有称量工具，人们买卖货物只用眼睛估量，经常有商人欺骗百姓。范蠡觉得这样很不公道，就发明了杆秤，这种秤到今天还在使用呢。范蠡是道德经商第一人，被很多地方供奉为财神。

想杀害有功劳的大臣，这未免太多心了。天下不能有这么没良心的人。

勾践灭了吴国之后，反倒没有一天过着快活的日子。

对那些和他一起共过患难的人，因为如今没有什么患难可共了，就慢慢地疏远了。他向来知道文种的才干，可是这种越有才干的人越是靠不住。万一他变了心，可难对付了。他真有几分怕他。

有一天，勾践上文种家里去看望他。他坐在文种的卧榻上，对他说："你有七个好计策，我用了你四个计策，就灭了吴国，你还有三个计策没使出来呢。我灭了吴国，万一吴国的祖宗跟我报仇怎么办？你得替我想法儿对付他们才好！"文种听得有点儿糊里糊涂，不知道他葫芦里卖的是什么药。他刚要问是怎么回事，勾践已经站起来走了，可把自己的宝剑落在文种的身边。文种拿起来一瞧，嗬，原来是"属镂"！就是当初夫差叫伍子胥自杀的那把宝剑。文种这才明白了。他对天叹息着说："走狗不走，只好让主人烹了。我没听范大夫的话，真是该死！"他又笑着说，"这把宝剑杀了伍子胥，又杀了我。它把我们结成了'刎颈之交'，我还有什么不满意的！"说着，他就自杀了。

鸟尽弓藏

这个成语出自《史记·越王勾践世家》:"飞鸟尽,良弓藏;狡兔死,走狗烹。"

意思是鸟打尽了就把好弓收藏起来,不再让它发挥作用。勾践就像是打鸟的猎人,文种就像是帮助勾践打鸟的好弓。勾践消灭了吴国,文种不再有用,他的才能反倒成了威胁,勾践只好杀了他。

后来,大家用这个成语形容做某件事成功以后,抛弃出过力的功臣,或帮助过自己的人。

shì   sǐ   zhī   jǐ

士 死 知 己

　　晋国有四个望族，比国君的权势还要大，分别是智家、魏家、韩家和赵家。智家势力最大，还贪心不足。赵家的赵襄子就联合另外两家灭了智家。赵襄子灭了智伯之后，老是提心吊胆地怕有人给智伯报仇。有一天，他上厕所，刚到门口，眼前有个黑影一晃。他觉得好像在地上蹲得工夫久了突然站起来就眼花缭乱似的。他有点儿怀疑，叫手下的人先上厕所瞧瞧去。果然逮着了一个刺客。赵襄子一瞧，认得他是智伯的家臣豫让，就问他："你干什么来了？"豫让说："我来给智伯报仇！"两边的人把他捆起来，让赵襄子杀他。赵襄子反倒说："智伯的一家子全都灭了，豫让还想替他主人报仇。他真是个义士。把他放了吧！"手下的人只得放了他。豫

让刚要往外走，赵襄子问他，说："我这回好好地放了你，咱们的仇总算解了吧！"豫让说："您放我是私恩，我报仇是大义！"他们又把豫让捆上，对赵襄子说："这小子太没有良心，您要是放了他，赶明儿准出麻烦。"赵襄子说："我已经说过放他，不能说了不算。"

豫让回到家里，天天想着行刺的法子。他的媳妇儿说："你这是何苦呢？智家已经没有人了，你就是报了仇，谁领你的情呢？你去投奔韩家或魏家不是一样能够得到富贵吗？"豫让听了，赌着气撇下他的媳妇儿出去了。后来听说赵襄子住在晋阳，他打算上那边去。可是赵家已经有不少的人认识他，他不能再露面。他想出个法子：把头发和眉毛都剃了，然后在脸上、身上涂上油漆，活像个浑身长癞疮的人，身上披上一件破破烂烂、邋里邋遢的衣裳。他到了晋阳城里，躺在街上要饭，自以为没有人认得他了。哪儿知道他说话的声音被一个朋友听出来了。那个人偷偷地对他说了几句话，拉他上他家里去喝酒。喝酒之间，那位朋友劝他："你要报仇，就得想个计策。比方说，你去投降赵家。他知道你的才干，准能用你。碰巧了，你再下手，不就容易了吗？"豫让不赞成这个主意，他说："我最恨的就是这种人！既然投了人家，就该效忠，要是回头又害人家，这是最不忠实的了！我替智伯报仇，就为的是给那些反复无

豫让为什么一定要报仇

豫让是士，春秋战国时期，士是最低一等的贵族。他们没有封地，只凭着自己的本事为诸侯、大夫们服务，获得尊严和地位。儒家认为主人怎样对待士，士就应该怎么回报主人。豫让在其他世家做门客的时候从来没得到过礼遇，只有智伯非常尊敬他，给他优渥的生活。豫让没有什么能回报，只能拼上自己的性命为智伯报仇。春秋战国时期健全的法律系统还没有建立，人们有什么恩怨都喜欢私下解决，所以复仇风很盛行。豫让的复仇符合儒家的礼法，也和当时的社会风气暗合，所以受人推崇。

常、心怀二意的人瞧瞧，让他们听到我这种作风，好觉得害臊！"

这回豫让给他朋友听出了声音来，他知道光是打扮成这个样子还不行，就吞了几块炭，把嗓子弄坏了。打这儿起，这个哑嗓子要饭的天天候着赵襄子。

赵襄子在一条河上修了一座桥。桥修好了之后，赵襄子先要上去瞧瞧。正要上去的时候，就瞧见一个尸首在旁边倒着。他想："桥刚修好，哪儿来的尸首呢？别是豫让假装的吧。"他立刻叫手下的人细细地察看察看。他们过去一瞧，回报说："是个路倒。"赵襄子说："搜搜他身上！"果然在他身上搜出一把匕首来！一下子就把他抓起来。嗬，不是豫让是谁呢？赵襄子骂着他说："上回我饶了你，这回又来行刺，可见你是人容天不容啊！——把他砍了吧！"豫让哑着嗓子，冲着天哭号，眼泪和血流了一脸。两旁的人问他："你怕死吗？"豫让说："我死之后，再没有替智伯报仇的人了。我是为了这个哭的。"

赵襄子对他说："你早先是范氏的家臣。范氏给智伯灭了，你就投降了智伯。你怎么不替范氏报仇呢？如今智伯死了，你非要替他报仇不可，这是什么意思？"豫让可有他自己的主张，他说："如果君对臣如手足，

那么臣对君如心腹；如果君对臣如牛马，那么，臣对君就如过路人。范氏拿我当个普通人看待，我也就拿普通人的态度去对待他；智伯拿我当作全国杰出的人看待，我当然要像全国杰出的人去报答他。"

赵襄子见他挺倔强，就拔出宝剑，叫人递给豫让，叫他自杀。豫让拿着宝剑，恳求着赵襄子，说："上回您没处治我，我已经感激万分了。今天我当然不想再活了。可是我两回报仇都没报成，心里的怨恨没处散去。您是个明白人，总能体会到我的苦楚。我央告您把衣裳脱下来，让我砍三刀。我死了口眼也就闭了。"赵襄子很讨厌豫让，可是他确实希望自己的臣下都能像豫让那样肯替他卖命。他就脱下外衣叫人递给他。豫让拿过来，一连气砍了三刀，笑着说："我现在可以去见智伯了！"说着就自杀了。

士死知己

　　这个成语出自《战国策·赵策一》："士为知己者死，女为悦己者容，吾其报知（智）氏之仇矣。"

　　士，指的是有才识的人。意思是仁人志士为了报答自己的知己，不惜牺牲性命。豫让的一生都在坚定地做一件事，为主家智伯报仇。他认为，为真正了解自己、看重自己的人死，是很有价值的一件事。与这个故事相关的成语还有"漆身吞炭"。

三家分晋
sān jiā fēn jìn

韩康子、赵襄子、魏桓子三家灭了智伯，不但三家地界大了，而且因为这三家对待老百姓要比晋国的国君好些，老百姓也愿意归附。三家都想趁着这时候把晋国分了，各立各的宗庙。要是再延迟下去，等到晋国出了个英明的国君，重新把国家整顿一下，到那时候，韩、赵、魏三家要安安定定地做大夫也许都保不住。可是这么大的事情也不能说成就成，总得找个恰当的时机才好干。到了公元前438年，晋哀公死了，儿子即位，就是晋幽公。

韩康子、赵襄子、魏桓子他们一见新君刚即位，软弱无能，大家伙儿商定了平分晋国的办法。他们把绛州（绛 jiàng）和曲沃两座城给晋幽公留着，别的地界三家平分了。这么一来，韩、赵、魏三家就称为"三晋"，各自独立。晋幽公一点儿势力也没有，只好在"三晋"的势力之下忍气吞声地活着。他不但不能把"三晋"当作晋国的臣下看待，自己反倒一家一家地去朝见他们。君臣的位分就这么颠倒过来了。

公元前 425 年，赵襄子得了重病。他自己觉得活不了了，就立他哥哥伯鲁的孙子为继承人。赵襄子自己有五个儿子，怎么反倒叫他的侄孙做继承人呢？

原来赵襄子无卹（xù）是赵鞅（yāng）和一个房里丫头生的，论他的身份，在那时候看来，是挺低的。可是赵鞅觉得大儿子伯鲁庸庸碌碌，没有什么能耐，才想立小儿子无卹做继承人，又怕人家说他母亲身份太低，因此，还没决定。后来他做了一篇训诫的文章，同样写了两份，一份给伯鲁，一份给无卹，叫他们好好地用心念。过了好些日子，赵鞅突然考问伯鲁，伯鲁一句也答不上来，那篇东西早就丢了。赵鞅考问无卹，无卹背得滚瓜烂熟，已经念成顺口溜了。向他要那篇文章，他立刻拿出来。赵鞅不再犹疑，立刻立无卹为继承人。无卹老想到哥哥伯鲁当初为了他丢了长子的名分，就打算将来立伯鲁的儿子为继承人。没想到伯鲁的儿子死了，赵襄子这才立伯鲁的孙子为赵家的继承人。

就在赵襄子死的那一年，韩康子和魏桓子也都病死

战国的开端

大家通常习惯把三家分晋作为战国时期的开端。在春秋时期，诸侯都是由周天子分封的，他们一代一代传承，拥有自己的土地。晋国的赵、韩、魏三家，都不是诸侯，只是晋国的大夫，但是势力很大，还自作主张把晋国的土地给瓜分了，反过来让周天子分封他们。这说明周天子、诸侯代表的奴隶主们的权势在一点点减小，这是封建社会的一个开端。赵、韩、魏三家独立成国后，战国的七雄就正式产生了。纷争的战国时期也正式开始。

了。韩虔继承韩虎的位子，赵籍继承赵浣的位子，魏斯继承魏驹的位子。打这儿起，韩虔、赵籍、魏斯三个大夫联合到一块儿，他们打算自己正式做诸侯。

公元前403年，韩、赵、魏三家打发使者上成周去见天王。请天王把他们三家加在诸侯的名册上。威烈王就问三家的使者说："晋国的土地全都归了三家了吗？"魏家的使者回答说："晋国早就失了势力，内忧外患不断地发生，弄得国家简直没有安静的日子。韩、赵、魏三家凭着自个儿的力量，把那些造反的人消灭了，把他们的土地没收了。那些土地并不是从公家手里拿过来的。"威烈王又问："三晋既然要做诸侯，何必又跟我来说呢？"赵家的使者回答说："不过他们都尊敬天王，才来禀告一声。只要天王正式封了他们，他们就能辅助天王，那可多好哇！"威烈王一想，就是不认可也是没用，还不如顺水推舟做个人情。他就正式封魏斯为魏侯，赵籍为赵侯，韩虔为韩侯。战国时期就从这一年（公元前403年）开始了。

赵、魏、韩这新兴的三个国家都宣布了天王的命令，各自立了宗庙，并向列国通告。各国诸侯都来给他们贺喜。

晋幽公之后，到了他的孙子晋靖公，"三晋"把这个挂名的国君也废了，让他做个老百姓。从此，晋国就消亡了。

三家分晋

《资治通鉴》的开篇就记载了这个故事。

春秋末年，晋国的大夫赵、魏、韩三家将晋国瓜分，另立三国。这一事件被看作是春秋与战国的分界线，标志着奴隶社会转型为封建社会。与此相关的成语还有"一国三公"。

杀妻求将

^{shā qī qiú jiàng}

卫国有一个人叫吴起，喜欢比剑，爱名不爱利。他为了要出名，想做大官，把千金家产都花光了。有一回，他妈狠狠地骂了他一顿。他赌着气把自己的胳膊咬了一口，起着誓，说："得不到功名，决不回家！"他就这么离开卫国，到了鲁国。

吴起到了鲁国，拜在孔子的弟子曾参（shēn）门下做学生，没黑日带白天地研究学问，居然成了曾参的好学生，已经有点儿小名望了。有一天，他碰见齐国的大夫田居，两个人谈起天来，挺投缘。田居佩服他刻苦用功的精神，又挺喜爱他的学问，就把女儿许配给他。这个鲁国的学生就当了齐国田家的姑爷了。待了五六年，他的老师曾参对他说："你在这儿念书已经好些年了，

121

怎么不回趟家去看看你母亲呢？"吴起说："我在母亲跟前发过愿，混不上功名，决不回家。"曾参数落他一顿，说："做儿子的哪儿能跟母亲起誓发愿的？"打这儿，他老师就有点儿瞧不起他了。不多日子，吴起收着一封家信，说他母亲死了。他就冲天大哭三声，擦去眼泪，把心一横，仍旧跟平日一样地念书。这回曾参可火儿了，骂他："你母亲死了，还不回去奔丧，你简直是个逆子。我提倡孝道一辈子，哪儿能收你这种人当学生呢？"他就把吴起开除了，还嘱咐别的学生以后不许跟他来往。

吴起被开除之后，索性扔了文的，专门研究武的。研究了三年兵法，很得着点儿能耐。到了鲁国，见到了相国公仪休，跟他谈论兵法。公仪休倒挺赞赏他的才能，就在鲁穆公跟前推荐他，鲁穆公拜他为大夫，可并不叫他做将军。

这时候齐国发兵来打鲁国，说鲁国从前跟着吴国来打过齐国，这个仇得报一报。公仪休对鲁穆公说："要打退齐国，非用吴起不可。"鲁穆公有口无心地答应着，可不把兵权交给吴起。没有几天工夫，鲁国的一座城给齐国占了。公仪休又说："主公怎么不派吴起去抵御呢？"鲁穆公说："我也知道吴起能够当大将，可是他是齐国田家的姑爷呀！你放心不放心？”公仪休也不敢担保，就出来了。吴起跑过去对他说："齐国的军队攻得挺紧，主公怎么还不去抵御呢？不是我吴起在相国跟前夸口，要是我当大将，准能把齐国的军队打回去！”公仪休就把鲁穆公的话告诉了他。吴起说："我当是什么难事，原来是为了我的媳妇儿！哪个国家没有别国的女婿？要这么说，谁都不能信任了。"刚巧他媳妇儿害病死了，反对他的人就说他是为了要做将军才把她杀了的。

田氏死了以后，吴起对鲁穆公说："我立志为主公出力，主公为了我的妻子起了疑。如今她已经死了，主公总可以放心了吧。"鲁穆公对吴起说："请大夫先退下去吧。"他问公仪休怎么办。公仪休说："他如今只图功名。主公不如利用他先把齐国打退了再说。真要是齐国用了他，那就更糟了。"鲁穆公就拜吴起为大将，叫他带领着两万人马去抵抗齐国。

吴起当上了大将，天天咬紧了牙，非要争口气不可。只要能够打败齐国，什么苦他都受得了。他和士兵们整天在一块儿，小兵吃什么，他也吃什么；小兵在地上睡，他也在地上睡；小兵步行，他也不坐车；小兵扛着粮草，他也帮着他们扛。有人病了，他给他煎药，弄得士兵们

吴起守信

　　吴起是个很注重承诺的人。他有一次外出遇见了一个很久不见的朋友，就邀请朋友去家里吃饭。朋友说，您先回去，我过会儿就到。吴起就说，我等您来再吃饭。没想到吴起等到日落西山也没等来朋友，可他已经答应了朋友一起吃饭，所以一直都不肯自己吃。直到第二天，他跑到朋友家去把人家请来，两个人才一起吃了饭。吴起既有冷漠无情的一面，也有爱兵如子的一面；既有狡诈的一面，也有重诺的一面。他对后世的影响很大，商鞅变法也是受到了他的启发。

　　一个个都把他当作父亲一样看待，死心塌地地情愿为他卖命。

　　吴起把军队驻扎下来，嘱咐士兵们守住阵线，不跟齐国开仗。齐国的相国田和可不愿意老这样耗下去，就打发张邱去侦察鲁国的兵营，假意说是来求和的。吴起得了信儿，把精锐的兵马隐藏起来，让那些上了年纪的和瘦弱的士兵守着中军。吴起挺恭敬地招待着张邱。张邱说："听说将军杀了夫人，真有这回事吗？"吴起说：

"我虽说品德不好，到底也当过曾子的门生，学习过孔子的教训，哪儿敢做出这种狠心的事呢？我在动身之前，媳妇儿可巧得病死了。也许有人把这两档子事掺到一块儿造的谣言。"张邱说："这么一说，将军还是齐国的亲戚，能不能为了这点儿情分，两下里和好如初？"吴起拱着手，说："大家伙儿能够说和，那要比什么都强。"张邱临走的时候，吴起又再三托付说，请他帮忙，总得成全这回事。

张邱回去之后，报告了田和，说鲁国兵马怎么怎么软弱无能，吴起又怎么怎么胆小。田和就打算第三天来个总攻。到了第二天，他们两个人正在高高兴兴地说着这回事，忽然听见咚咚的鼓声，响得惊天动地，鲁国的兵马紧跟着就打过来了。那些个年老的和瘦弱的士兵全不见了，一个个全是粗壮的大汉和不怕死的小伙子，见了齐国人乱杀滥砍，吓得田和来不及上车，张邱也没工夫上马。其余的将官们还没穿上盔甲呢！转眼的工夫，军营大乱，都拣着没有鲁国兵的地方跑。有给鲁国人杀了的，有给自己人踩死的，也有投降的。这一下子，田和的士兵逃回本国，已经死伤了不少人马。

田和打了败仗，见着张邱骂了他一顿，说他误了大事。张邱说："我是照我亲眼见到的报告出来。谁知道上了他的当呢？"田和叹着气，说："吴起用兵简直跟孙武、穰苴（ráng jū）一样。他要是留在鲁国，咱们可就别打算过太平的日子了。"张邱说："我再去跟吴起商量商量，以后谁也不许侵犯谁。我要把这事办到了，也能将功折罪。"田和就嘱咐他看事行事，留神去办。张邱带着不少金子，打扮成做买卖的样子，上鲁国去见吴起，把礼物送给了他，央告他别再向齐国进攻。吴起

对张邱说："只要齐国不来侵犯鲁国，我决不叫鲁国去打齐国。"张邱从吴起那儿出来，故意把这私自送礼的事吵嚷出来。鲁国人知道了这事，可就一传十、十传百地传扬开了，还加上好些不中听的话。鲁穆公就要查办吴起。

吴起逃到魏国，住在魏国的谋士翟璜（dí huáng）家里。可巧魏文侯和翟璜说起派人镇守西河的事，翟璜把吴起推荐出来，魏文侯就派吴起去做西河太守。

吴起到了西河，又拿出他那苦干的精神来了。他立刻修理城门、城墙，训练兵马。为了防备秦国，还修了一座挺重要的城叫吴城。他不但挡住了秦国，而且转守为攻，打到秦国去。秦国连着打了败仗，被魏国夺去了河西的五座城，吓得秦人不敢往河西这边来。这一来魏国的名声可就大了。韩国、赵国、齐国都派使者来朝贺，尤其是齐国的相国田和，特别奉承魏文侯，把他当作新起来的霸主。

魏文侯死后，太子击当了国君，就是魏武侯。吴起像伺候魏文侯一样地伺候着魏武侯。有一天，魏武侯和吴起一同坐船在西河顺流而下。到了中流，魏武侯瞧着山水风景，挺得意地对吴起说："这山河真是美！这也是巩固魏国国防的宝贝呀！"吴起说："国家的安全在乎德行，不在乎山河的险要。如果主公不修德，船上的人都可以变成敌人。"魏武侯听了，连着说："对，对，你说得对！"

吴起做西河太守挺有名望。魏武侯这么尊重他，这回又一块儿坐船从西河回来，还加了封，就有人认为新君即位，吴起准当相国。魏武侯可另有主意，他拜商文为相国。相国商文和吴起还能相安无事，同心协力地辅助着魏武侯。赶到商文一死，新的相国一心要抓大权，净在魏武侯跟前给吴起说坏话。"吴起是个了不起的人物，就是魏国太小，他在这儿不免大材小用。和魏国贴临的秦国多么强大呀。小小的魏国哪儿留得住他呢？"魏武侯起了疑。吴起是个精明人，他怕魏武侯害他，就想法逃到楚国去了。

楚悼王素来知道吴起的才干，当时就拜他为相国。吴起非常感激楚悼王，尽心尽意地要给楚国做一番事业。他就提出了富国强兵的计策，对楚悼王说："楚国的财物并不是不丰富，也不是生产不够，毛病就在财物的分配上太不合理。富裕的人太富裕，穷苦的人太穷苦。大王要是按照我的办法把那些没用的、多余的、挂名的官员们都裁了，叫那些远房的亲族们自己去耕作，国家就能省下不少的钱财和粮食。把这省下来的钱财和粮食拿出点儿去优待英勇的将士们，将士们的待遇就能提高很多。这么一来，要是军队再不强大的话，请给我定罪！"楚悼王觉得这倒实在是富国强兵的好法子，就完全信任他，叫他这么办去。

吴起奉了楚悼王的命令，着手编定官员的等级，他用很严厉的手段，把多余的和挂名的官员裁了不少。大臣的子弟不能倚仗着父兄的势力或者用点儿贿赂就能当官吃俸禄。

经过吴起这么一改革，国家的钱财就多出来了。然后他挑选精锐的壮丁，天天加紧训练。再按照他们的才干增加粮饷。士兵的待遇比起从前来就高了好几倍。一个有能耐的小兵比远门的贵族还强呢！可是吴起自己过着挺节俭的生活。楚国的士兵没有一个不感激他的，全都愿意替国家出力。楚国的军队在很短的时期内就有了威名。在南边楚国的军队收服了百越，西边打败了秦国。中原列国，像齐国、韩国、赵国、魏国打这儿起谁也不敢得罪楚国了。

吴起帮着楚悼王给楚国争到了威名。可是那些被裁减俸禄的贵族、大臣都说他手段太毒辣。大伙儿没有一个不把他当作眼中钉、肉中刺的，背地里咬牙切齿地咒骂着他。

公元前 381 年楚悼王死了，在宫里停着还没入殓，那些贵族、大臣一齐造起反来，一下子就把吴起围上。吴起一瞧自己脱不了身，就跑到宫里。叛党拿着弓箭追了进去。正在危急的时候，吴起歪着脖子想："就这么让他们弄死吗？将来谁替我报仇呢？"他就拿出最后的手段来，他立刻抱住楚悼王的尸首，趴在上头。一会儿乱箭射过来，连楚悼王的尸首也挨了几箭。吴起临死还挣扎着说："我死了不要紧，你们恨大王，恨得连他的尸首也伤了。你们这些大逆不道的臣下，难道就不怕王法吗？"说着，他死了。大伙儿一听这话，全都吓跑了。

楚悼王的儿子即位，就是楚肃王。他想趁着这个机会消灭那群贵族，就叫他的兄弟带领着军队捉拿叛党，惩办箭伤先王尸首的大罪。为了这档子事，有七十多家贵族都灭了门。

杀妻求将

这个成语故事记载在《史记·孙子吴起列传》："齐人攻鲁，鲁欲将吴起，吴起娶齐女为妻，而鲁疑之。吴起于是欲就名，遂杀其妻，以明不与齐也。"

求，是谋求的意思。吴起的妻子是齐国人，齐国攻打鲁国的时候，他为了获得鲁君的信任，当上大将军，就杀掉了自己的妻子。还有一种说法，吴起的妻子并不是被杀掉的，而是在齐国攻打鲁国的时候恰好病死了，这件事就被和吴起敌对的人利用，变成了攻击他的武器。

后来，这个成语用来形容有些人为了获得功名利禄而灭绝人性，不择手段。

<ruby>白<rt>bái</rt></ruby> <ruby>虹<rt>hóng</rt></ruby> <ruby>贯<rt>guàn</rt></ruby> <ruby>日<rt>rì</rt></ruby>

公元前 397 年的一天，韩国的相国侠累正在大厅上办理公事，大门外突然跑进个人来。他说："有要紧的事报告相国。"卫兵一见那个人莽里莽撞地进来，就过去拦他。哪儿知道这几个卫兵给他一推，就都一溜歪斜地躺下了。他推倒了卫兵，飞似的跑到大厅上，掏出匕首来照着侠累就扎，一下子扎穿了胸口。大厅里当时就大乱起来，都嚷着说："有贼有贼！"接着关了大门，卫兵全拥了上去。那个刺客拿着匕首，就在自己的脸上横一刀竖一刀地划着，又用手指头挖出自己的眼珠子，然后豁开肚子把肠子都拉出来。大伙儿一瞧，都愣了。那个刺客划破了脸，挖出了眼珠子，豁了肚子，可还没死。末了在脖子上抹了一刀，才躺下了。

早就有人禀报了韩烈侯。韩烈侯就问："刺客是谁？"谁知道呢？他叫大伙儿去瞧瞧。大伙儿都说："那个刺客已经瞧不出模样来了。谁还认得出来？"这个案子倒叫人纳闷。韩烈侯一定要查办那个主使的人和刺客的家眷，好给相国报仇。可是刺客的面目都认不出来，上哪儿去打听他的姓名和来历。连行刺的人都查不出来，更别想去查办主使的人了。韩烈侯就叫人把刺客的尸首搁在街上，给来往的人来认。又出了一个赏格，说："谁要认得刺客，能说出他的姓名来历的，赏黄金一千两。"有的人想发横财，都来认一认。可是那尸首的面目已经划得乱七八糟的不像样儿，两只眼睛都没了。一连搁了好几天，看的人不知道有多少，可就是没有一个能认得出来。

这档子没名、没姓、没来历的凶杀案不但轰动了整个韩国，附近的国

家也都传遍了。魏国有个女子叫聂荣。她一听见这个新闻就哭起来。她对她丈夫说："哎呀，刺死侠累的准是我兄弟！兄弟，你死得好惨哪！"聂荣的丈夫说："你怎么知道是他？"她说："我兄弟有个恩人，叫严仲子。他老帮我们家的忙。我嫁给你的时候，嫁妆都是他给办的。我妈死了，也是他给办的丧事。"

原来严仲子和侠累一块儿在韩国做官，两个人有仇恨。有一天，严仲子说侠累不好，侠累把严仲子骂了一顿。严仲子就拔出宝剑去刺侠累。幸亏旁边的人给拉开了，总算没出事。严仲子怕遭到相国的毒手，就离开了韩国，上各处去找刺客，一心想弄死侠累。

严仲子到了齐国，瞧见一个宰牛的，长得挺魁伟，又有力气。听他的口音，不像是齐国人。严仲子跟他一谈，才知道他是魏国人。这个魏国人曾经推荐一个朋友给他的主人，那位朋友挺能奉承主人，不到一年工夫，就当了管家，反倒把他轰出去。他在气头上把那管家杀了。带着他妈和姐姐逃到齐国，给人家宰牛，对付着活着。严仲子一听他的来历和他的遭遇，就把自己的心事告诉了他。两个人交上了朋友。严仲子家里是挺富裕的，他送了这位新朋友几千两黄金，还帮着这位朋友奉养他母亲，又预备了一份挺体面的嫁妆把他姐姐嫁出去。待了一年，这把兄弟的母亲死了，严仲子又帮助他发送。严仲子在这个宰牛的人身上花了这许多钱，就是要收买他的心好替自己报仇。

"我的母亲安葬了之后，"聂荣接着说，"我就知道兄弟准要给严仲子报仇了！"她的丈夫说："为什

孝道的演变

孝道是中华民族精神价值的核心内容，甲骨文中就有"孝"字，可见孝在远古时代就被奉行。那个时候孝的涵义比较简单，父母老了，子女要奉养；父母病了，子女要侍疾；父母去世了，子女要安葬。到了春秋时期，儒家对孝的发展最系统合理。孔子觉得父母子女之间应该有很好的情感交流。他提倡"父母在，不远游，游必有方"，要在父母身边陪伴；"树欲静而风不止，子欲养而亲不待"，强调尽孝要在父母活着的时候。这些观念形成了中国的孝文化。汉代的时候，非常孝敬父母的人是可以直接做官的。到了当下，孝文化中许多观念已经不合时宜了，但其中敬爱父母、尊老爱幼等精华还是我们民族道德精神的核心。

么？"她说："因为我兄弟当初答应他去弄死侠累，只因为扔不下母亲。如今母亲死了，他哪儿还能不去呢？我料定韩国街上搁着的尸首准是我兄弟。"他说："他就这么没名没姓地死去，也太冤了。"聂荣说："说的是呀！我打算上韩国瞧瞧去，到底是不是。"

聂荣是个急性人，说走就走。她到了韩国，那个没有眼睛的尸首，已经在街上搁了八天了。她一见这尸首，就趴在上头号啕大哭起来。看尸首的士兵问她："他是你什么人？"她说："他是我兄弟，我是他姐姐。我叫聂荣，我兄弟是一个侠客。他刺死了这儿的相国，唯恐连累我，所以毁了面目，可是我哪儿能那么贪生怕死，让他的名声埋没呢？"那些看尸首的人说："你兄弟叫什么名字？主使他的人是谁？你好好说出来，我们替你去请求主公，饶你不死。"聂荣说："我要是怕死，我也不来了。我来认尸，为的就是要传扬他的名字。他的事他知道，我不能替他说。""那么，你的兄弟到底叫什么名啊？"她说："他是侠客聂政！"说着，就在石头柱子上碰死了。

军官把这事报告了韩烈侯，韩烈侯叹息着说："聂政哪儿是侠客！他不过是叫人收买的一个暴徒罢了。聂荣倒有点儿侠义气。"他就叫人把姐儿俩的尸首埋了。

白虹贯日

这个成语出自《战国策·魏策四》："夫专诸之刺王僚也，彗星袭月；聂政之刺韩傀也，白虹贯日；要离之刺庆忌也，仓鹰击于殿上。"

据说聂政刺杀韩傀时，天空中出现了白虹贯日的现象。白虹贯日是一种比较少见的日晕现象，白色的虹穿过太阳。古代的人认为，太阳是君位，虹是臣位，虹穿过了太阳，就预示着臣子将要推翻君王。所以，那时的人认为这种天文现象预示着不好的事情将要发生。《战国策》里面说，聂政进殿刺杀时，韩傀为了躲避抱住了旁边的哀侯，聂政一剑下去刺杀了两个。这和白虹贯日的天象也刚好吻合。据说荆轲刺秦王时也出现了白虹贯日的天象。所以，后来人们就习惯把这个成语和侠客刺杀的行为联系起来了。

讳疾忌医
huì jí jì yī

　　齐国的相国田和使尽心思来跟魏国拉拢，仗着魏国的势力，把齐国末后一代的国君齐康公送到一个海岛上，叫他住在那儿养老。齐国就这么整个儿地归了田和。田和又托魏文侯替他向天王请求，封他为诸侯。天王答应了魏文侯的请求，正式封田和为齐侯，就是田太公。田太公做了两年国君死了。他儿子田午即位，就是齐桓公（和五霸之一的齐桓公小白称号相同）。齐桓公午六年，有一位非常出名的民间医生叫扁鹊，回到齐国来，桓公把他当作贵宾招待。"扁鹊"原来是上古时代（据说是黄帝时代）的一位医生。桓公招待着的那位"扁鹊"是齐国人，姓秦，字越人。因为他治病的本领特别大，人们尊他为"扁鹊"。后来谁都叫他扁鹊，他原来的名字反倒很少有人知道了。他周游列国，到处替老百姓治病。有这么一回事：死了人，尸首搁了几天了，扁鹊一看，认为这不是死，是一种严重的昏迷，给他扎了几针，居然把他救活了。

这一次，扁鹊见了桓公，说："主公有病，病在皮肤。"桓公说："我没病，请不必费心。"他送出了扁鹊，对左右说："做医生的就想赚钱，人家没病，他也想治。"过了五天，扁鹊见了桓公，说："主公有病，病在血脉，要是不医治，就会厉害起来的。"桓公说："我没病。"他不大高兴。又过了五天，扁鹊又来了，他说："主公有病，病在肠胃，再不医治，病就会加深。"

桓公不搭理他。又过了五天，扁鹊一看见桓公就退出去了。桓公叫人去问他为什么退出去。扁鹊说："病在皮肤里，用热水一焐（wù）就能好；病在血脉里，还可以针灸；病在肠胃里，药酒还及得到；病在骨髓里，没

中医的鼻祖

扁鹊是战国时期有名的医生，他创造了中医的望、闻、问、切诊断技术，被称为中医的鼻祖。扁鹊家里有三兄弟，有一次魏文王问他：你们家三兄弟谁的医术最好哇？扁鹊说：大哥医术最好，大哥治病总在人家还没开始发病的时候，就把病根治了，所以人家觉得他没什么医术；二哥医术次之，二哥治病总在人家刚刚开始发病，有点儿小症状的时候就把病给治好了，人家以为他只会治小病；我的医术最差了，我总是在人家病发最严重的时候治病，人家一看我用的手法很厉害，治的病很严重，就以为我的医术最好。扁鹊通过这个治病的道理，告诉魏文王顶好的治国之策应该是防患于未然。后来，扁鹊到了秦国，轻轻松松地治好了秦武王受伤的腰，秦国的太医嫉恨他，就派人把他给杀了。

法儿治。"这么一来，十五天过去了。到了第二十天，桓公病倒了。他赶紧派人去找扁鹊，怎么也找不到他。桓公躺了几天死了。

讳疾忌医

这个成语在周敦颐的《周子通书·过》中出现过："今人有过，不喜人规，如讳疾而忌医，宁灭其身而无悟也。"

讳，是隐瞒的意思。忌，是害怕的意思。齐桓公不相信扁鹊的判断，对自己的病情不在意，不愿医治，最终不治而亡。

现在，这个成语用来形容有的人隐瞒自己的缺点、错误，不愿意被人批评，也不愿改正。

门 庭 若 市

齐桓公田午死了以后，他儿子即位，就是齐威王。齐威王有点儿像当初楚庄王一开头时候的派头，一个劲儿地吃、喝、玩、乐，国家大事他可不闻不问。人家楚庄王"三年不飞，一飞冲天；三年不鸣，一鸣惊人"，可是齐威王呢，一连九年不飞、不鸣。在这九年当中，韩、赵、魏各国时常来打齐国，齐威王就没搁在心上，打了败仗他也不管。

有一天，有个琴师求见齐威王。他说他是本国人，叫驺忌（驺 zōu）。听说齐威王爱听音乐，他特地来拜见。齐威王一听是个琴师，就叫他进来。驺忌拜见之后，调着弦儿好像要弹的样子，可是他两只手搁在琴上不动。齐威王挺纳闷地问他，说："你调了弦儿，怎么不弹

145

呢？"骊忌说："我不光会弹琴，还知道弹琴的道理！"齐威王虽说也能弹琴，可是不懂得弹琴还有什么道理，就叫他细细地讲。骊忌海阔天空地说了一阵，齐威王有听得懂的，也有听不懂的。可是说了这些个空空洞洞的闲篇有什么用呢？齐威王听得有点儿不耐烦了，就说："你说得挺好，挺对，可是你为什么不弹给我听听呢？"骊忌说："大王瞧我拿着琴不弹，有点儿不乐意吧？怪不得齐国人瞧见大王拿着齐国的大琴，九年来没弹过一回，都有点儿不乐意呢！"齐威王站起来，说："原来先生拿着琴来劝我。我明白了。"他叫人把琴拿下去，就和骊忌谈论起国家大事来了。骊忌劝他重用有能耐的人，增加生产，节省财物，训练兵马，好建立霸业。齐威王听得非常高兴，就拜骊忌为相国，加紧整顿朝政。

这时候，有个知名之士叫淳于髡（淳 chún；髡 kūn）。他瞧见骊忌仗着一张嘴就当了相国，有点儿不服气。他带着几个门生来见骊忌。骊忌挺恭敬地招待他。淳于髡大模大样地往上手里一坐。他问骊忌，说："我有几句话请问相国，不知道行不行？"骊忌说："请您多多指教！"淳于髡说："做儿子的不离开母亲，做妻子的不离开丈夫，对不对？"骊忌说："对。我做臣下的时候也不敢离开君王。"淳于髡说："车轱辘是圆的，水是往下流的，是不是？"驺忌说："是。方的不能转悠，河水不能倒流。我不敢不顺着人情，亲近万民。"淳于髡说："貂皮（貂diāo）破了，别拿狗皮去补，对不对？"驺忌说："对。我绝不敢让小人占据高位。"淳于髡说："造车必须算准尺寸，弹琴必得定准高低，对不对？"

驺忌与田忌

驺忌当齐国的相国时，田忌在齐国当将军，两个人关系很不好。有一个人给驺忌出主意，让驺忌鼓动齐威王派田忌去攻打魏国。如果赢了，是驺忌谋划得好；如果输了，就是田忌的不是。驺忌觉得这个计划很不错，果然去鼓动了齐威王。没想到田忌连打了三场胜仗，一时间出了大风头。那个出主意的人又想出一招，让驺忌诬陷田忌。驺忌派了个人冒充田忌的家臣，拿着十斤黄金大摇大摆地走在街上。找到一个看相的说：我家大人立了大功，齐国可没谁比他厉害了，我们准备图谋大事了，快给我家大人占卜一卦！这事传到齐威王耳朵里，可成了谋反的大罪了。田忌一听说，连家也不敢回，赶紧逃到别国去了。

驺忌说："对。我一定注意法令，整顿纪律。"淳于髡站了起来，向驺忌行个礼，出去了。

他那几个门生说："老师一进去见相国的时候，多么神气！怎么临走倒向他行起礼来了呢？"淳于髡说："我是去叫他破谜儿的。想不到我只提个头，他就随口而出地接下去。他的才干可不小哇。我哪儿能不向他行礼呢？"打这儿起，再没有人敢去跟驺忌为难了。

驺忌真把淳于髡的话当作金科玉律。他想尽方法规劝齐威王调查事实，别让左右拿奉承的话把自己蒙住了。有那么一天，驺忌把人家称赞他长得漂亮的话对齐威王说了。原来驺忌身高八尺多，相貌堂堂，自己也很

得意。他早上起来，穿好衣服，戴上帽子，对着镜子瞧瞧自己，问他的媳妇儿，说："我跟北门的徐公比起来，哪个漂亮？"城北徐公是齐国有名的美男子，驺忌要听听他媳妇儿的意见。他的媳妇儿说："徐公哪儿比得上您哪！"驺忌不大相信，他又问问他的使唤丫头："我跟徐公比，哪一个漂亮？"那个使唤丫头说："徐公哪儿比得上您哪！"过了一会儿，外面来了一位客人，两个人就坐着谈天。谈话当中，驺忌问他："我跟徐公比，哪个漂亮？"那个客人说："您漂亮，徐公比不上您！"第二天，巧极了，城北徐公来访问驺忌。驺忌一看，觉得自己不如徐公漂亮。他偷偷地照照镜子，再瞧瞧徐公，越看越觉得自己比徐公差得远了。到了晚上，他躺在床上琢磨着："我的媳妇儿说我美是因为她对我有偏私；我的使唤丫头说我美是因为她怕我；我的客人说我美是因为他有求于我。"

　　他把这段经过向齐威王说了一遍。接着他说："我明明知道我比不上徐公，可是我的媳妇儿对我有偏私，我的丫头一向害怕我，我的客人有求于我，他们就都说我比徐公漂亮。现在齐国土地周围一千里，城邑一百二十个，王宫里的美女和伺候大王的人，没有一个不是讨大王的喜欢的，朝廷上的臣下没有一个不害怕大王的，全国各地的人没有一个不是有求于大王的。从这些情况看来，您的耳目准是蒙蔽得很厉害的。"齐威王点点头，说："你说得对！"他立刻下了一道命令："不论朝廷大臣，地方官民人等，能直言指出我的过错的，得上等奖赏。"这个命令刚刚下达的时候，来直言齐威王过错的人排起了大长队，屋子前庭像市集一样热闹。过了几天，大家就慢慢地没什么意见可以提了。

骑忌不但这么规劝齐威王，他还挺细心地调查全国各地的官员，要知道谁是清官，谁是赃官。他老向朝廷里的大官们查问各地的情形，他们差不多都说："中等的太多了，不知道从哪儿说起。我们只知道太守里头顶好的是阿城大夫，顶坏的大概要数即墨大夫了。"骑忌就照样告诉了齐威王，请齐威王暗地里派人去调查。

齐威王好像无意中问起左右，大伙儿都说阿城大夫是太守里头数一数二的好人，那个即墨大夫是太守里头的坏蛋。好太守人人喜欢，坏太守谁都讨厌。朝廷上的大臣们和左右一帮人每回听见齐威王和骑忌提起这两个太守来，都挺起劲儿。他们知道，阿城大夫准能够步步高升，他提升了，他们也有好处。这就叫"与人方便，自己方便"。那个不懂人情世故、默默无闻的即墨大夫，早就该撤职查办了。果然，天从人愿，齐威王召回了那

两个大夫来报告。"报告"只是个名义罢了，其实就是叫阿城大夫来领赏，叫即墨大夫来受刑。这还用说吗？

就在那天，文武百官朝见齐威王。齐威王叫即墨大夫上来。众人瞧见一个大锅烧着一锅开水，大伙儿都替他捏着一把汗，静悄悄地站着。齐威王对他说："自从你到了即墨，天天有人告你，说你怎么怎么不好。我就打发人上即墨去调查。他们到了那边，就瞧见地里长着绿油油的庄稼，人民都挺安分守己，脸上透着光彩，好像不知道有什么苦楚，有什么纷争似的。这都是你治理即墨的功劳。你专心一意地为了帮着人民，一点儿也不来跟这儿的大官们套关系，也不送点儿礼给大伙儿，他们就天天说你不好。像你这种老老实实、勤勤恳恳、不吹牛、不拍马的太守，咱们齐国能找得出几个？——我加封你一万家户口的俸禄！"大伙儿一听，都觉得自己脸上热乎乎的，脊梁骨冒着凉气，恨不得钻到地底下去。可是地不作脸，没给他们临时开个窟窿。

齐威王回头又对阿城大夫说："自从你到了阿城，天天有人夸奖你，说你怎么怎么能干。我就打发人上阿城去调查。他们到了那边，就瞧见地里乱七八糟地长满了野草，老百姓面黄肌瘦，连话都不敢说，只能暗地里叹气。这都是你治理阿城的罪恶。你为了欺压小民，装满自己的腰包，接连不断地给我手下的人送礼，叫他们好替你吹牛，把你捧上天去。像你这种专仗着贿赂，买动人情，巴结上司的贪官污吏，要是再不惩办，国家还成个体统吗？——把他扔到大锅里去！"武士们就把他煮了。吓得那些受过阿城大夫好处的人都好像自己也被扔到大锅里一样，一个个站不住了。

这么一来，一些个贪污的官吏不能再在齐国待着，真正贤明的人有了发挥才能的机会。齐国的政治可就比以前清明得多了。

门庭若市

这个成语出自《战国策·齐策一》："令初下，群臣进谏，门庭若市。"

庭，是古代的院子。若，是"像……一样"的意思。市，指集市。门口和庭院里好像集市一样热闹。用来形容人非常多。

时光之箭

公元前531年
楚灵王攻打蔡
国，蔡国向齐
国求救。

公元前522年
画影图形

公元前515年
同病相怜

公元前506年
倒行逆施

卧薪尝胆

路不拾遗

风吹草动

秦庭之哭

公元前491年
勾践离开吴国，
回到越国

公元前571年
祁奚之举

南橘北枳

公元前514年
三令五申

公元前498年
孔子隳三都

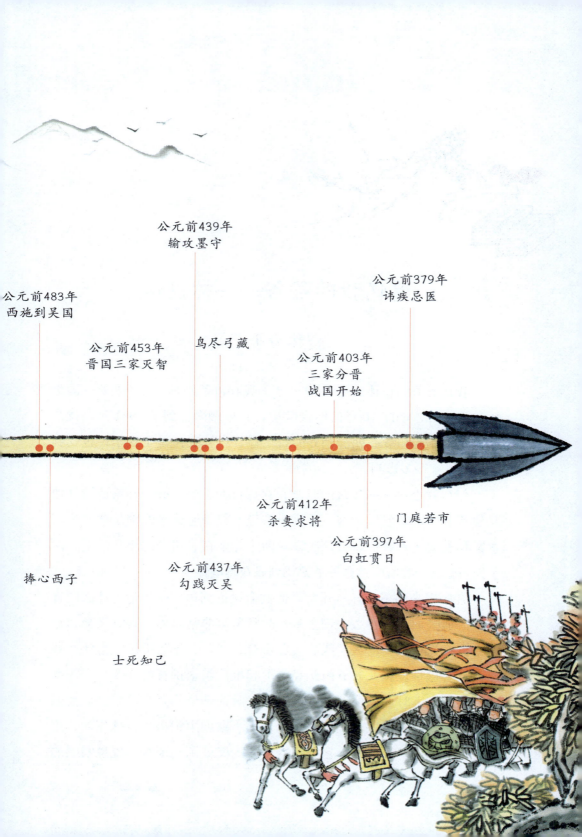

公元前439年
输攻墨守

公元前483年
西施到吴国

公元前453年
晋国三家灭智

鸟尽弓藏

公元前379年
讳疾忌医

公元前403年
三家分晋
战国开始

公元前412年
杀妻求将

门庭若市

捧心西子

公元前437年
勾践灭吴

公元前397年
白虹贯日

士死知己

追忆我的爷爷——林汉达

林力平

　　我是爷爷的长孙，生于1954年。我和爸爸妈妈、爷爷奶奶一同生活在西单辟才胡同10号的四合院里，其乐融融。到了1961年，我开始上小学。在和爷爷朝夕相处的日子里，尽管我还是个孩子，也受到了他老人家很多影响。

　　记得我上小学四年级的时候，在周日的上午，爷爷经常邀请其他几位爷爷奶奶来家里做客。听我母亲说，爷爷邀请来的都是著名语言学家和表演艺术家们。有几次，我溜边儿坐在了墙角的小板凳上，两手托着腮帮，想听听这些爷爷奶奶到底在聊些什么。

　　客厅里坐满了人。一开始，他们会讨论词语：这些词为什么同音异义？那些词又为什么一词多意？时常争得非常热烈。有时又会讨论起方言：为什么上海人"头、豆"不分，"黄、王"不辨？为什么普通话没有这种现象？爷爷由此经常提起推广汉语拼音的必要性。等到吃饭的时候，时而这位爷爷来段评书，时而那位奶奶来段京剧。他们来上一段就骤然停下，互相探讨起评书、京剧中词语的特殊用法，接着再来下一段。我对国粹艺术的喜爱，大概就源自那些个说说唱唱的周末午后吧。

　　我最爱听的是快板书。爷爷讲不同节奏的竹板打法，就会产生不同的韵味，而不同的韵味可以用不同的方言来表达。我依然清晰地记得，自己跟妈妈闹着要去西单商场买一副竹板来学，妈妈爽快地同意了。以后在放学的路上，我总是兴奋地从书包里掏出崭新的大小竹板，迈开大步，两手打起了才学会的节拍：啪叽叽啪！啪叽叽啪！啪叽叽叽啪——叽叽啪！嘴里唱道："打竹板，迈大步，眼前来到个理发铺；理发铺，手艺高，不用剪子不用刀，一根一根往下薅，薅得脑袋起大包……"那些日子，着实过了好一阵瘾。

　　还记得我在西城二龙路上小学五年级的时候，连日风风火火地看完了一部《水浒传》，就常在自己的作文里夹上几句半文半白的话，"大喜、大惊、大怒"之类的词语，以为添了这些词儿，就一定有了长进。一天，在语文课上得到了老师的几句鼓励，心里挺高兴的。一放学，我就快步回到家里，一头栽进客厅，兴奋地把作文拿给正在写作的爷爷，心想，没准儿爷爷也能夸我几句呢！爷爷摘下花镜看了看我，微笑着接过作文稿，重又戴上花镜看了起来。不一会儿，爷爷耐心地对我说："力平，在白话文中夹用文言，不代表文章写得好，只能说明行文落后于时代。"爷爷眼瞧着桌对面的我正在发呆，就笑了笑说："以后做作文一定要语言通俗，从小养成这种习惯，可以用讲话时常用的那些短句子来表达自己

作者与爷爷、奶奶在一起

的想法，这样才能写出通顺的文章。"我懵懂地点了点头，爷爷看我好像听懂了一点儿，就建议我读一读他写的《东周列国故事新编》。

我那年十岁，看到爷爷在书中的序言里给自己定出了三个要求，作为语文学习的方向，那就是："通俗化、口语化、规范化"。后来爷爷又补充道："所说的三点要求，只是外表，还要在内容上有三性：即知识性、进步性、启发性。"我当时还理解不了这些话。不知过了多少个春秋，重温这段话语时，才使我茅塞顿开。

两年前，编辑与我一同探讨起爷爷的通俗历史故事改编问题。我们不约而同地认为，这样一套经典的文本应该以更丰富的样子给当下的儿童留下宝贵记忆，而成语恰恰是很好的一个切入口。现在，这些陪伴了我一个童年的历史故事要重新整理，以成语故事的形式出版了，我感到欣喜又温暖。欣喜的是，过了半个世纪，爷爷的历史故事仍在以全新的面貌影响着现在的孩子。温暖的是，我可以借着这套书，重拾起与爷爷相处的细碎记忆。

爷爷那一丝不苟、严谨治学的优秀品格；充满理性、富于睿智的教育思想；幽默风趣、文如其人的写作风格；胸怀坦荡、表里如一的君子品性，值得我们代代传承。

林力平，林汉达长孙。现任中国文艺评论家协会理事、民进中央文化艺术委员会委员、北京市朝阳区政协委员，曾任中国舞蹈家协会理论研究部主任。

千古兴亡事，一书一画中

王晓鹏

很庆幸，行走插画之路，会遇到像《林汉达成语故事》这样的一套书。

最初，我跟编辑老师商定画一套春秋战国史。文字上不戏说，图画上不逢迎，以简约朴素之态，还原一段真实的历史进程。

中国历史故事需要匹配中国绘画语言。当编辑提出用传统中国画来诠释的时候，我们都陷入沉思与困顿。用水墨画历史，当下的图书绘本市场尚属空白，孩子们能否理解计白当黑的构图呈现？家长能否接受皴擦点染的视觉传达？

说服我们的只有两点：文稿作者是已故学者林汉达先生，著名的教育家、文字学家、史学家。他的文字尊重史实，深入浅出带领孩子们了解历史发展进程；绘画语言选用传统水墨，以形写神，潜移默化教给孩子们体会中国独特的造型观和境界观。

百战旧河山，古来功难全。

面对千古兴亡事，在人物创作上，我不想做脸谱化处理。更多的，我会站在历史角度去重新认知每一位国君，每一个朝臣的人生境遇。

诸如伍子胥，过韶关一夜急白头，可怜；掘墓鞭尸倒行逆施，可叹；

成吴霸业挖眼自尽，可敬。

再如费无极，行事固然小人做派，但能成为楚平王的宠臣，外貌绝不可能蛇蝎鼠类。所以，纵是画奸臣我也不想獐头鼠目，而是做多个造型，或面慈心恶，或满脸城府，或筹谋在握，或伪扮无辜。多方比较，最终权衡，择取最适合其人性的版本。

无数的废稿和最后的"费无极"

古月照今尘，人事已成非。

历代君王朝臣距离我们年代已远，真实相貌无可考究，我只能查找资料，最大限度的还原历史。

诸如孙膑，我参照的是明代遗留的画像与小说绣像的综合。

明代遗留的孙膑画像

诸如西门豹，我参照的是临漳县邺令公园的西门豹雕像。

诸如信陵君，我参照的是东周人物绣像。

创作的过程是推翻与再造的循环反复，通常都是废纸一堆，成品寥寥。根据故事内容，先做铅笔草图，细思量，再琢磨，反复调整至满意时，再以生宣墨线勾描点皴，应物象形。黑白线稿确定后，继以传统国画颜料朱砂、石绿、赭石调以淡墨，随类赋彩。

铅笔草图　　墨线勾描　　随类赋彩

如今，这套《林汉达成语故事》春秋战国部分已上市，共分三册：《藏在春秋的成语》《隐身战国的成语》《躲在秦朝的成语》。看画学史，亲子共读。

一书在手，平生塞北江南，眼前万里江山。

王晓鹏，职业儿童插画家。倾力于将中国传统文化和元素植入当代儿童插画，以水彩、水墨为载体，营造清澄、纯真的童话意境。代表作有《传统节日里的故事》《汉字里的故事》等丛书。

我的成语学习总结

在这一册中我学会的成语

在这一册中我认识的历史人物

我最喜欢的成语故事是：

这个故事的内容是：

这个故事中我最喜欢_____，因为：

我最不喜欢的故事是_____，因为：

我给这本书打几颗星 ☆ ☆ ☆ ☆ ☆